这世间一切的美

我在大都会艺术博物馆的十年

〔美〕帕特里克·布林利 著

李永学 译

中信出版集团

图书在版编目（CIP）数据

这世间一切的美 / (美) 帕特里克·布林利著；李永学译.
-- 北京：中信出版社，2024.12
书名原文：All The Beauty in the World: The
Metropolitan Museum of Art and Me
ISBN 978-7-5217-5586-2

Ⅰ.①这… Ⅱ.①帕… ②李… Ⅲ.①回忆录－作品
集－美国－现代 Ⅳ.① I712.55

中国国家版本馆 CIP 数据核字 (2023) 第 075950 号

这世间一切的美

著者：　[美]帕特里克·布林利
译者：　李永学
出版发行：中信出版集团股份有限公司
　　　　　（北京市朝阳区东三环北路 27 号嘉铭中心　邮编　100020）
承印者：　嘉业印刷（天津）有限公司

开本：787mm×1092mm 1/32　　印张：9　　　字数：211 千字
版次：2024 年 12 月第 1 版　　　印次：2024 年 12 月第 1 次印刷
书号：ISBN 978-7-5217-5586-2　　京权图字：01-2023-1219
定价：59.80 元

献给

受难者汤姆

目　录

作者注

　　读者可以在本书附赠的导览手册里找到书中提到的每一件艺术品的相关信息，包括它在展馆中位置的资料，也可以通过统一编号，在家中欣赏艺术品的高清数字图像。

　　我曾在博物馆担任保安十年，本书记录了在此期间发生的一些真实事件。为了更好地展示我经历的种种情景，我有时会把发生在不同日子里的事情浓缩到一起。书中博物馆职工的名字皆为化名。

1.

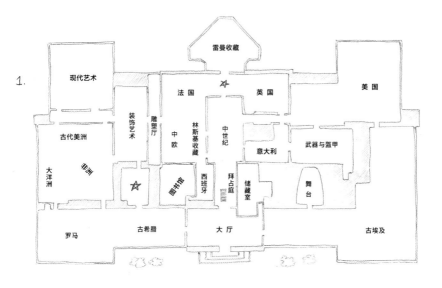

现代艺术

雷曼收藏

法国　英国

美国

装饰艺术

雕塑厅

中欧

林斯基收藏

中世纪

古代美洲

非洲

大洋洲

图书馆

西班牙

拜占庭

意大利

武器与盔甲

储藏室

舞台

罗马

古希腊

大厅

古埃及

2.

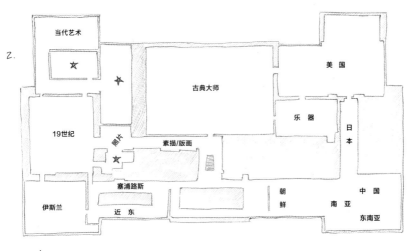

当代艺术

古典大师

美国

19世纪

照片

素描/版画

乐器

日本

塞浦路斯

朝鲜

中国

伊斯兰

近东

南亚

东南亚

★　特别展

ALL

THE

BEAUTY

IN

THE

WORLD

一　　　　大　楼　梯

　　在大都会艺术博物馆的地下室中，武器与盔甲展厅下方，保安分派办公室的门外堆放着一摞摞盛放艺术品的空板条箱。板条箱大小不同，形状各异：有些很大，方方正正的；有些很宽，但很浅，就好像一幅画。但这些板条箱都很气派，是用浅色木料制成的，很坚固，适合运送罕见的珍宝或珍禽异兽。在我穿上保安制服的第一天早上，我站在这些坚固、浪漫的箱子旁，心中暗自思量着，不知自己在这座博物馆中将会扮演什么样的角色。在这个时刻，我深深地沉浸在周围的景物当中，对于其他的一切没有多少感触。

　　一位女士来接我，她也是名保安，名叫阿达，上面派她来带我这个新人。阿达是个高个子，有着小麦色的头发，动作很突兀，无论是外貌还是举止都像一把中了魔法的扫帚。她用一种我不大熟悉的口音（可能是芬兰口音？）和我打招呼，掸去我深蓝色西服肩膀上的头皮屑，皱着眉头看着这套不合身的制服，然后带我走上一条空荡荡的混凝土走廊，那里的标示牌上写着：请为运送中的艺术品让路。这时，一辆运送高脚酒杯的搬运车从我们身旁经过。我们走上一段破破烂烂的楼梯来到二楼，路过了一台剪叉式升降机，据说它是用来挂画和换灯泡的。它的一个轮子旁塞着一份折叠起来的《每日新闻》、一个咖啡纸杯和一本破烂的赫尔曼·黑塞的《流浪者之歌》。"脏得很，"阿达啐了一口，"把你的个人物品放到自己的储物柜里。"她压下防撞杆，打开一扇不起眼的金属门——眼前风格一变，像《绿野仙踪》里的情节一样，场景迅速发生了变换，首先映入眼帘的是埃尔·格列柯描绘的奇幻景观《托莱多风景》(View of Toledo)。没时间大惊小怪。我紧跟着阿达的脚步，一幅幅画在我眼前闪过，如同一本书在翻页，时空变换，跨越千百年，主题在神圣与亵渎之间切换，从西班牙到法国，再从荷兰到意大利。最后，我们停在几乎有两米半高的拉斐尔的《宝座上的圣母、圣子与圣徒》(Madonna and Child Enthroned with Saints)面前。

　　"这是咱们的第一个站位，C 站位，"阿达对我说，"10 点以前我们就在这儿，然后到那边。到了 11 点，我们就去那边的 A 站位。我们得转悠，来回走走。不过，朋友，我们始终得在这个地方。然后就可以休息一下，来上一杯咖啡了。古典大师是你的主展厅？"我告诉她，是的，我想是这样。"那你很走运，"她继续说，"你最终还是得去其他展厅的站位，这一天去古埃及展厅，下一天去杰克逊·波洛克[1]展厅。但分派办公室头几个月会把你派到这儿,随后呢,哦,10 天有 6 天你还会在这儿。当你在这儿的时候……"她在地上跺了两脚,"木地板,踩上去蛮舒服。朋友,你可能不相信,但你还是信我的好,在木地板上站 12 个小时,差不多相当于在大理石地面上站 8 个小时,在木地板上站 8 个小时简直不值一提。嘿,你的脚几乎不会疼。"

我们似乎是在文艺复兴盛期艺术的展厅,每一面墙上都用细铜丝挂着气势恢宏的画作。这个房间也相当气派,大概有 12 米长、6 米宽,加宽的出口门道通向 3 个方向。地板就像阿达说的那么柔软,而且天花板相当高,天窗摄入的光线和灯光一起朝着不同的方向照射,照亮每个重要的地方。靠近房间中央有一条长凳,上面放着一幅被人丢下的中文地图。长凳另一侧的墙上,有两根铜丝松垮垮地垂了下来,清楚地显出了一个空位。

阿达说明了原因。"你看到那张签了字的纸条了吧……"她说着,朝纸条指了指,那是唯一的证据,证明这里不是一个骇人听闻的犯罪现场。"弗朗西斯科·格拉纳奇[2]画的肖像原来一直挂在这里,管理员把它拿去清洁了。也可能会出借,所以要在策展人办公

---

1 杰克逊·波洛克(1912—1956),美国画家,抽象表现主义运动的主要人物。——除特殊说明,均为译者注

2 弗朗西斯科·格拉纳奇(1469—1543),意大利文艺复兴时期画家。

室里接受检查，或者送到摄影室里拍照。谁知道呢？但一定会留下一张纸条。"

我们在一根齐膝高的围栏线旁走过，它让我们和画作之间的距离始终保持将近一米。然后，我们走进了将要负责看管的下一个展厅，波提切利[1]似乎是这个展厅里的明星画家。接着我们进入了第3个小一点儿的展厅，里面主要是文艺复兴盛期其他佛罗伦萨画家的画作。10点之前，这里是我们的领地。之后就得再往前，轮转到后面3个展厅里。"先保护生命，再保护财产，按照这个顺序，"阿达继续说，开始断断续续地教导我，"小伙子，这是一项简单明了的工作，但我们千万别当傻瓜。我们得一直瞪起眼睛，四下观察。我们就跟稻草人似的，是用来防止有人捣乱的。小乱子我们可以自己处理，一旦有大事，就要通知指挥中心，然后按章办事，章程你已经在培训课上学过了。我们不是警察，只有那些笨蛋逼着我们当警察的时候才是。谢天谢地，这种事儿很少见。而且，有几件事我们一上班就必须做……"

回到拉斐尔展厅时，阿达踮起脚尖，将钥匙插进锁里，然后打开一扇玻璃门，走进了公共楼梯间。接着她漫不经心地跨过了一根围栏线，这样的越轨行为真是让我触目惊心。然后她一屁股坐在

1　桑德罗·波提切利（Sandro Botticelli，1445—1510），文艺复兴早期的佛罗伦萨画派艺术家。

一个沉重的金色画框下面。"那些电灯，"她指着背板上的开关说，"通常是晚班保安的事儿，就是午夜班那伙人，他们会把灯打开。但如果他们没这么干……"她一次摁下了 6 个开关，我们立刻置身于一条黑洞洞的长隧道里，文艺复兴时期的画作变成了墙上的银色泥巴。她把开关向上挑起，顿时，随着令人吃惊的咔咔声响，展厅里的灯亮了。

游客在大约 9 点 35 分之后陆续到来。从夹在腋下的画夹来看，我们的第一位来宾是个学艺术的大学生。当发现现场只有自己时（这么说可能是因为她没把阿达和我算进去），她真的倒吸了一口冷气。随后到来的是一家法国人，他们都戴着纽约大都会棒球队的帽子（他们可能以为自己戴的是洋基队的帽子，这是多数游客的选择），这时阿达的眼睛眯缝了起来。"大多数游客都很可爱，"她承认，"但这些画作很古老，很脆弱，有些人又可能非常愚蠢。昨天我在美国展厅工作，一整天都有人想让他们的孩子坐到那三头青铜熊上！你能想象吗？在古典大师展厅里就好多了。当然，那里不像亚洲艺术展厅那么静，但和 19 世纪展厅比起来就是小菜一碟。自然，无论在哪儿工作，咱们都得留神那些脑子缺根筋的家伙。看见没有，就像那样。"在通道另一边，那位法国父亲越过了围栏线，向他的女儿讲解一些拉斐尔画作的细节。"先生！"阿达喊道，声音多少比需要的响了点儿，"谢谢你！请别靠得那么近！"

过了一小会儿，一位身穿眼熟制服的年长男子走进了展厅。"哦太好了，这位是阿里先生，团队里的杰出成员。"阿达说的是那位保安。

"啊哈，是阿达啊，你是最棒的!"他回答，马上跟着阿达的节奏说了起来。阿里先生自我介绍，说他是我们团队的"替补队员"（"第一队，B分队"），他让我们去B站位。

阿达很认真地同意了。"阿里，你是第一班?"她问。

"第二班。"

"周五和周六休息?"

"周日和周一。"

"啊，这么说你是来加班的……布林利先生，今天上午阿里先生比我们早一点儿开始，但他会在下午5点半回家。他不像你我这样拼，坚决不上第三班，他需要回家陪他的漂亮媳妇。你哪几天工作，布林利先生?想起来了，你告诉过我，是周五、周六、周日、周二，12小时、12小时、8小时、8小时。挺不错的。时间长的两天你会觉得挺正常，正常的那两天你会觉得很短。而且，如果想加班，你第三天总能休息。一直上第三班吧，布林利先生。再见，阿里先生。"

新岗位让我们在历史中不断地穿梭往返，13世纪和14世纪的意大利画作与法国大革命时期的画作就在相隔不远的展厅，令人目不暇接。我们巡查的时候，阿达偶尔会把手指伸向摄像头和警报器，她认可这些设备的必要性，但对它们还是持轻视的态度。她尊重人工劳动，并且对一群几乎和警卫一样重要的配角更感兴趣：保管员，我们工会中的伙伴；护士，为我们分发止痛药；电梯工，也是一位电梯承包商，他每个月只休息一天；两位不当班或退休的消防员，他们总是在楼里；起重工，负责在各处搬运沉重的艺术品；艺术品管理员，也就是技术员，有灵巧的金手指；木匠、油漆工和加工工人；工程师、电工、灯光师；还有一些不常见的人，比如策展人、艺术品管理人员和高管这类人。

这一切都很有趣，但我不禁注意到，我们闲聊的地方距离杜乔在 1300 年创作的《圣母和圣婴》（*Madonna and Child*）只有几步之遥。整个上午我都没有正面看一幅画。我在想，要转移阿达的注意力，是不是可以说说最近的新闻报道，其中提到这幅画的报价高达 4500 万美元。听到我说如此低俗的事情，阿达只是有些伤心。她把我拉到那幅小画跟前，几乎是对我耳语道："你看看画框底部被烧得发黑的那些地方，都是信徒的蜡烛烧出来的痕迹。这是一幅美丽的画作，对不对？这些都是美丽的画作，对不对？我想要提醒这些人，这些学生、游客，提醒他们，这些都是大师的杰作。你和我，我们和大师们一起工作。杜乔、维米尔、委拉斯开兹、卡拉瓦乔，什么能比得上他们？"她抬眼望着附近的美国展厅。"乔治·华盛顿的一幅画？拜托了朋友，别开玩笑了。"

阿里先生向我们走来，在展厅的另一边举起双臂，做了个滑稽的推举动作。这时我们差不多已经走出了古典大师展厅，接着穿过双开玻璃门，走进了一个巨大的走廊，俯视着博物馆的大厅。在这个繁忙的路口，阿达经常被游客的各种提问打断：比如，"有木乃伊、照片或是非洲面具吗？""有古代医疗器械，或者这一类东西吗？"（对于最后这个问题，阿达很有把握地答道："完全没有这类东西。"）她曾不止一次为这些让人提不起兴致的交流向我道歉，并非常肯定地跟我说，一旦安静下来，就会有人问出更有趣的问题。在熟练地告诉某位游客如何找到德加的芭蕾舞女雕像之后，她拍了拍我，让我看一位路过的男子，他穿着一身裁剪合身的衣服，说："他就是这一区域的策展人，名字好像是摩根吧。"我们眼看着他低头急急忙忙地走过，走进放着杜乔作品的展厅后消失不见了。"他回办公室了，"阿达告诉我，"就在鲁本斯展厅里有蜂鸣器的门后面。"我们都发现了其中的讽刺意味：我们俩是整天在外面与这些惊世杰作待在一起的人，但我们穿的是最廉价的衣服。

现在已经差不多 11 点了，很快就可以午休了。有几个人排队等着向阿达提问，我这才有空看了看下面庞大空旷的大厅。游客们沿着大楼梯走上来，如同鲑鱼一样向我冲来，又以同样快的速度从我面前走过，好像我是一块一半没在水里的礁石。我想到了过去多

次爬上大楼梯的情景，当时并没有想到转头看看这批艺术狂热者、游客和纽约当地人，他们大多认为置身于这样一个世界中的时间过于短促。而我很吃惊地发现，现在我有很多时间。

你永远不会忘记自己第一次参观大都会艺术博物馆的经历。当时我 11 岁，家住芝加哥郊外，和母亲一起到纽约旅游。我记得坐了很长时间的地铁，去往听起来很遥远的上东区，也记得周围的环境如同故事书里描写的一样：身穿制服的门卫，傲然挺立的石质公寓大楼，那些著名的宽阔大道——先是公园大道，随后是麦迪逊大道，然后是第五大道。我们必定是沿着东 82 街走过来的，因为我第一眼瞥见博物馆的，是它入口宽大的石台阶，当时那里是萨克斯管演奏者的露天剧场。大都会艺术博物馆的正面让人觉得熟悉，也令人震撼，它属于古希腊风格，有很多柱子。神奇之处在于，你越走近，它就变得越宽。结果，哪怕来到了最前面的热狗贩卖车和间歇喷泉边，你也无法将博物馆的全貌尽收眼底。我立刻明白了，这个地方的宽广是无法想象的。

我们爬上了大理石台阶，跨过一道门槛，进入了大厅。我的母亲名叫莫琳，她排队去交纳我们的"捐赠金"（哪怕交一个 5 分硬币，我们也能进去参观）时，鼓励我到前厅里转一转。那里气势非凡，不见得逊色于纽约中央车站，而且有许多兴致勃勃地准备到博物馆的各处去探险的人。通过前厅一端的入口，我能看到一大片炫目的白色雕像，如同冬日的积雪，它们可能是古希腊雕像。通过另一端的入口，我能够勉强看到浅栗色的墓碑，那边肯定是古埃及厅。正前方是一道宽大、笔直、宏伟的阶梯，阶梯终点是一块色彩缤纷的画布，活像一张绷得紧紧的巨大船帆。我们将小小的进门锡徽章别在衣领上，似乎自然而然地沿着阶梯攀缘而上。

我知道的有关艺术的一切都是从我的父母那里学来的。莫琳在大学里的一门辅修课是艺术史，而且她尽其所知，热心地对我的哥哥汤姆、妹妹米娅和我本人进行业余艺术启蒙。每年至少有几次，我们要前往芝加哥艺术学院"探险"。在那里，我们就像盗墓人一样，踮着脚尖挑选自己最喜欢的图画，仿佛在计划盗窃。我母亲是芝加哥剧院的专业演员。如果你对芝加哥剧院有一丁点儿了解，你就会知道，这个工作并不耀眼，也不光鲜，而是要依靠信念，非常辛苦。我还记得，当年和她一起开车去城里，听到她的演员朋友们称她"莫"而不是莫琳。看着观众席的灯光渐渐暗淡，舞台上的灯光也同时一点点闪亮，这时我才知道，世界上还有足够的空间，让这个神圣的小游戏留存下来，那里的人对外界的汽车喇叭声充耳不闻。在家里，我们会聚在她的大床上阅读莫里斯·桑达克的绘本。我们知道这些书与普通的书不同——我们不得不在头脑中清出一片游戏空间，才能让《野兽国》中的角色们真正地活起来。我对艺术最初的感觉，是它属于一个洒满月光的独立世界，这就是来自我母亲的影响。

我的父亲是个更实际的人，但他也有可以传授给我的知识。他是芝加哥南区的社区银行要员，是当代的乔治·贝利，发自内心地蔑视世界上的那些波特先生[1]。为了在一天工作之余放松一下，他会连续几个小时弹奏家里的那台立式钢琴。他崇拜钢琴。有一阵子，他在车的保险杠贴纸上写满了两个字：钢琴。而且，尽管他一直弹得都不算很好，他从不忌讳说自己根本就没什么天赋，只是在享受来自勤奋的欢乐。他的两个偶像是巴赫和艾灵顿公爵。他磕磕绊绊地弹奏他们的作品，但毫不羞涩，而且因为纯粹欣赏它们的美妙而高声唱着："哒——嗒——哒——哒——嘟。"我是一个不惧怕艺术家的人，这主要因为我的父亲。

那天，在大都会艺术博物馆巡视的时候，我走在前面，速度飞快，因为我的头脑中总是萦绕着一个想法，就是觉得，再拐个弯，就会看到另一个更加不容错过的景象。自 1880 年开馆以来，它就是新大陆上最伟大的艺术博物馆，它的扩张在很大程度上是没有章法的，一直在旧有的建筑外增加新的展馆，以至于全新的面貌整个像是从虚无中凭空出现的。要想在整个博物馆走一遍，特别是像我

1　乔治·贝利和波特先生都是 1946 年的一部美国影片《生活多美好》（*It's a Wonderful Life*）中的人物，前者是社区建设与贷款银行要员，主角，正面人物，而后者是反派。

们那样经常转身走回头路的人，就像是在梦境中探索一座豪宅，眼看着一个个房间在你眼前凭空出现，又在身后消失。如果从一个新的角度观察，你对第二次造访的展厅仅仅有模糊的熟悉感。那天，我们如旋风般匆匆走过，在看到的所有艺术品中，我只对两件留有清晰的印象。我从未见过如巴布亚新几内亚的阿斯马特人的木雕那样有想象力的东西，特别是那一排由单棵西米树制成的图腾柱。我最喜欢的是一个由文身男子叠在彼此肩膀上组成的图腾柱，最上面男子的阴茎扩展成一种雕刻得十分复杂的棕榈叶。这似乎证明，世界上有各种可能性，远比我能够想到的多得多。

当我在古典大师展厅里游荡时，彼得·勃鲁盖尔 1565 年创作的《收割者》(The Harvesters) 让我驻足不前。我现在相信，在面对这幅伟大作品时，我受到了艺术天然具有的那种特殊力量的感染。也就是说，我体会到了这幅画充沛的美，尽管我在面对这种美时感到手足无措。我无法用语言表达出这种感觉——我什么都说不出来。这幅画的美不像文字，它更像是颜料——宁静、直接且具体，甚至无法转化为思维。我对这幅画的反应完全被困在了体内，就像一只在我胸口扇动翅膀的小鸟。我不知道该如何处理这种感觉，它让人难以捉摸。作为一名保安，我将会看到无数参观者以他们自己的方式回应这种奇妙的感觉。

7 年后，我前往纽约读大学。大都会艺术博物馆的秋季展览恰好是勃鲁盖尔的素描和版画展，而我又一次登上了大楼梯。但这次，我手中攥着笔记本，以一个充满幻想、雄心勃勃的大学生的新身份出现。我的哥哥汤姆比我大 2 岁，是个数学天才。我一生都紧跟着这位杰出兄长的脚步，认为自己是一个有艺术梦想的勇敢的小伙子。

大一的第一个学期，我报名上了英语系听起来最庄重的一门课，是一个有关约翰·弥尔顿的研讨课。我们花了 12 周，仔细研读共有 12 卷的《失乐园》，其中每隔几页就有这么一行——

魔鬼羞惭地站着，

觉得善是何等的威严可畏[1]

这让我觉得真该接着再学 12 周。伟大的书籍，伟大的艺术，这一切何等辉煌。

我只选了艺术史系的几门课，但它们或许是最让我陶醉的。走进一间阶梯教室，灯光熄灭了，幻灯机呜呜地开始运转，大教堂、清真寺、宫殿，世界上一切宏伟建筑都在咔嗒、咔嗒、咔嗒的幻灯机声响中出现在白色的屏幕上。或者说，那感觉更为宁静：一幅小

1　约翰·弥尔顿，《失乐园》，北京：人民文学出版社，朱维之译文。

小的文艺复兴时期的粉笔画被放大了百倍，在发光的屏幕上颤动，如同在发光的银幕上定格的早期电影。

我真想说自己已经通过学习变得谦虚了，但我或许还太年轻，做不到这一点。我的一位教授曾经参与指导西斯廷礼拜堂天花板的清理工作。我感觉自己好像就站在那些脚手架上，很快就会成为研究重大课题的著名学者。

去参观勃鲁盖尔的展览那天，我想牢牢记住策展人在小小的说明标签上密密麻麻地写下的每一个字。我觉得，我已经可以把《收割者》曾经在我心中引发的那种茫然反应抛诸脑后了。我现在觉得，当时的自己很可能有些孩子气，甚至可能是在犯傻。我渴望变得成熟老练，我自以为，一旦掌握了恰当的学术工具和最新的术语，我就可以学会正确地分析艺术，从而永远不会对艺术无所适从。至于我是否感觉到有一只小鸟在我的胸中扑腾着翅膀？根本不是问题！只要我将心思集中在画作的主题上，或辨认它的流派或风格，那种奇怪的感觉就会烟消云散。这种做法可以帮助我超越对无声之美的感知，并找到一种语言，让我在现实世界中获得感动与震撼。

但是后来，我的哥哥汤姆病了，我最关心的事项也随之改变。大学毕业后，在 2 年零 8 个月的时间里，"现实世界"变成了贝斯以色列医院里的一个房间和汤姆在皇后区的一居室公寓。虽然我在市中心的摩天大楼里找到了一份光鲜的工作，开始了我的职业生涯，但那并不重要。正是这些宁静的空间，教会了我关于美、优雅和失落的意义——我怀疑，这也让我理解了艺术的意义。

2008年6月，当汤姆去世时，我申请了我所能想到的最简单的工作，在我所知道的最美丽的地方。是的，这一次，我来到了大都会艺术博物馆，心中没有一丝继续向前的想法。我的心塞满了，我的心在破碎，我真想一动不动地站一阵子。

那天下午，阿达抓住我的肩膀说："小伙子，我要把你单独留下了。你就待在这里。我在那边。"接着她就扬长而去。如果我没搞错，她走进了西班牙展厅。我当然不是完全孤身一人，但我觉得与我擦身而过的人似乎算不上什么好伙伴，而且这座博物馆简直大得漫无边际，它的大小大约相当于3000个普通的纽约公寓，这样一座博物馆很少有挤满人的时候。我在自己的C站位站了几分钟，感觉时间过得极慢，也不知是完全停止了还是在缓慢地蠕动。我双手交叉放在身前，又把叉着的手放到背后，然后又试着把它们揣兜里。我在一条走廊里身体后仰着来回慢走了一阵子，然后又斜靠在墙上。总之，我不知该干什么才好，显然是没有准备好，突然不需要再像小鸭学步一样跟着阿达，而是一动不动地站着环视周围。事实上，在过去的几周里，我经历了一系列让我自汤姆去世以来第一次感到生活有方向的事情：我递交了申请，接受了面试，参加了培训，通过了州里的执照考试，采集了指纹。在博物馆的制服办公室里，裁缝给我量了身。现在我来了！而且，我需要做的唯一的事情是……挺胸抬头，注意观察。空着两只手，睁大两只眼睛，同时让自己的内心世界与美丽的艺术品以及旋涡般环绕它们的生命交织在一起。

这是一种非凡的感觉。又过了漫长的几分钟，这时我开始相信，博物馆的一名保安真的可以成为我的角色。

ALL

THE

BEAUTY

IN

THE

WORLD

二　　　　　　窗　户

早上万籁俱寂。我差不多在开馆半个小时之前就到了，博物馆还没开门，也没有人能让我回到现实中来。只有我和伦勃朗的作品，只有我和波提切利的作品，只有我和这些几乎让我相信是血肉之躯的鲜活幽灵。如果把大都会艺术博物馆的古典大师展厅看成一个村子，那它差不多有 9000 位画中人"居民"（几年后，我挨个数了每一间展厅中画作上的人物数量，得出的总数为 8496）。[1] 他们在596 幅画中安身，这个数字差不多等于它们跨越的历史岁月。最古老的一幅画来自 13 世纪 30 年代，是一幅圣母与圣婴；最新近的一幅，是弗朗西斯科·德·戈雅于 1820 年创作的一幅肖像。1820 年之后的画作被存放在博物馆的南端，在那里，现代世界逐步占领了阵地：机器动力；资本主义；被称为"德国"和"意大利"的民族国家；以及闯入艺术世界的摄影作品和管装的油画颜料。那些所谓

1　这个数字包括每幅画背景中的小天使、斗牛表演的观众和威尼斯划艇上蚂蚁大小的船夫，我所在的展厅经过了一次大型扩充，所以这个数字已经过时了。如果你对我竟然能够数得清所有这些人物感到惊讶，那你真的低估了我手头拥有的时间了。——原书注

的"古典"大师之所以自成体系，只不过因为他们诞生在这些东西出现之前。他们是在中世纪城市中工作的工匠，这些城市的大门在夜间紧闭，防备着黑夜中的各种危险。他们或是身穿丝绸长袜的朝臣，急切地期盼着某位贵妇人的接见，或是虔诚的僧侣、皇家的宣传人员，乃至中产阶级中异军突起的有钱的肖像画家。无论他们是谁，都有能力耗尽我们现代人的想象力。戈雅是最接近我们时代的古典大师，他至少有8个孩子，但只有一个活到了成年。

在这个展厅中徜徉的时候，我觉得自己仿佛在陌生而又遥远的国度旅行。如果你曾孤身一人在一座外国城市中生活，语言不通，身边没有相互扶持的伙伴，你将对这种经历格外感同身受。你几乎会融化——融入街灯和水洼，融入桥梁和教堂，融入你透过一楼的窗户所能瞥见的各种场景。你走过街道，感受着异国情调的一切细节，哪怕一只正在振翅飞翔的普通鸽子，也会让你感到异乎寻常的生动。其中蕴含着一种诗意，只要你注意观察，那魔力便会一直存在。

在最初的几个星期里，我感觉我的一半大脑已经崩溃了，因为我真的觉得自己如此全神贯注，好像每一幅画都是一楼的一扇窗户，窗帘像戏剧中的大幕一样向两边拉开。一般的展厅中有10~20扇装着金色画框的"窗户"，镶嵌在展厅的四面墙上。有些似乎直接穿透了砖石，带来了蜿蜒起伏的山丘和波涛汹涌的海洋景观。另一些则窥探家庭内部，邀请我们把下巴支在窗台上偷看。最后，有些窗户，当我把脸凑近时，就会发现有一个陌生人正盯着我看，他们的鼻子几乎贴在玻璃上（如果确实有玻璃的话，通常大部分画作外连一块玻璃也没有！）。

在这样一个静静的早晨，我用手揉搓着蒙眬的睡眼抬头看去，结果发现，与我的视线齐平的是西班牙公主玛丽亚·特蕾莎。我几乎立刻感觉到，这幅画的作者迭戈·委拉斯开兹也在房间里。他把画架放在她前面几米处，低低地弓着身子，正在施展自己的魔法，把她睿智的形象带到了距离我只有 1 米远的地方。画作中的她只有 14 岁，有着一张如此特别的脸庞，看上去比真实年龄还要小，但眼睛看上去更为年长一些。她不是个很漂亮或者活泼的孩子，看上去既不善良也不残忍，既没有暴露也没有遮掩自己的思想，十分坦率、沉着。她对于自己特别的身世实在习以为常，不会觉得其中有何不寻常之处，也不会躲避。我能够看清她的脸，就好像能在镜子里看到自己的脸一样。

还有一些时候，我能够非常清楚地认识到阿达所说的——我们具有稻草人的功能，或者说得更好听一点儿，我们就是宫殿里的卫兵。第二周，我第一次被派去看守约翰内斯·维米尔的画作。它们是珍贵的艺术品，全世界或许只有 34 幅。不可思议的是，大都会艺术博物馆就拥有 5 幅。因为知道这一点，我很得意。尽管时间还早，但已经有几位来自英国、日本和美国中西部的游客在那里虔诚地观赏。一位年轻漂亮的母亲扎着马尾辫，正在注视着画中一位戴着珍珠耳环的女子，那是一幅大约创作于1665年的女孩肖像。她可能犯了个错误，以为这幅画是收藏在海牙的另一幅同主题肖像，那一幅更有名。如果她确实这样想，我也没有必要纠正她的想法。

每个人的表现都很好，我的目光飘到了维米尔非常喜欢画的家庭空间里。我看见一个正在打瞌睡的女仆，她的面颊贴着手掌，而与此同时，维米尔圣洁的目光正看着她身后整理得井井有条的空房间。我被这幅画吓了一跳，因为我无法相信，他居然能够捕捉到这样的感觉，就像我们有时候会感到的那样，熟悉的场景自有其辉煌与神圣。我在汤姆的病房里就一直有这样的感觉，而这也正是我在大都会艺术博物馆鸦雀无声的早上能够发现的东西之一。

当这份工作的第一个月结束时，我来到了老板的办公桌前，对自己将加入哪个小组感到很担心。我很想加入第三小组，守威尼斯展厅，其中原因我觉得很难解释。阿达相当有气势地坐在监督员的桌子旁边，等待真正的负责人到来。当我说自己想和她一个小组时，她微微点头，好像对此不是很有兴趣。一阵收音机的噼啪声、钥匙的叮当声之后，辛格先生出现在我们面前。博物馆里有许多圭亚那裔的美国人，他就是其中之一，是在我们部门干了40年的老手。辛格先生问谁愿意去用围栏线圈出一块地方来，好让艺术品管理者干活。阿达说她愿意，结果就得到了奖励，如愿以偿地得到了她想要的岗位。"谢谢你，辛格先生，"她说，"我会在第三小组，第二轮休息。"稍作停顿之后她又补充说："这位布林利先生会在第三轮休息。"

阿达坚持要我们俩再等一会儿，看看 B 队的 14 人中哪些会加入我们第三组。结果，和我上同一期培训班的 18 个新手中，还有 2 人也进了第三组。一头卷发的布莱克与我年纪相仿，是位来自哈德孙河谷一个小城镇的印第安人，没什么心机。特伦斯的年龄是我的两倍，他是个生性乐观的自来熟，也是来自圭亚那的移民。（当猜测某位保安的最初国籍时，猜圭亚那、阿尔巴尼亚和俄罗斯是最容易猜中的，再就是加勒比海沿岸的其他国家。）像大多数人一样，我刚一碰到特伦斯就觉得跟他投缘，但培训结束时他被派到"修道院"工作——那里是大都会艺术博物馆在上曼哈顿地区的分馆，专门展示中世纪艺术。他加班的时候和我们在一起。我跟布莱克保持了一定距离，这只是因为我更愿意独自一人，而且觉得自己还没有准备好跟一个年龄相近的人交朋友。我们 4 个人在一起温和地闲聊，我发现这些同事都很容易沟通，这令我很触动。但当我们兵分四路，各自向自己的岗位走去时，我觉得身上似乎卸下了一个包袱，总算能够开始一整天完美的隐士生活。

威尼斯是一个神奇的城市，由 118 个被波浪环绕的岛屿组成，这里曾经拥有世界上最鲜亮、最深邃的颜色。这些颜色包括来自阿富汗的深蓝色青金石，来自埃及的蓝铜矿石，来自西班牙的朱砂……就连威尼斯这个名字也来自拉丁文中的 *venetus*，意思是蔚蓝色。16 世纪最伟大的威尼斯画家是蒂齐亚诺·韦切利奥，人们常常将他称为提香。他画中的场景弥漫着玫瑰色的气氛，仿佛是用清水与红葡萄酒调成的颜料。我走近他的巨作《维纳斯和阿多尼斯》（ *Venus and Adonis* ），如此优美而又静谧的一首诗，让我觉得自己的情绪深陷其中。我无法确定这两个人物哪一个更美丽，是提香笔下亚麻色头发、拼命抱紧自己的凡人恋人的维纳斯，还是拒绝女神的拥抱，一心返回危机四伏的尘寰凡世的年轻傲慢的阿多尼斯。我读过提香写的同名诗，知道他们的结局。阿多尼斯死了，维纳斯伤心欲绝。她将阿多尼斯身上流出的血变为红色的欧洲银莲花，这种花的花语是"风之子"。

我信步走着，听着脚下的地板吱吱作响。此刻，馆内仍然没有访客，于是我找到了提香的另一幅作品，它小得多，名气也小一些。这是一位青年男子的肖像，是提香青年时期画的，笔触轻松流畅，几乎毫无矫揉造作或紧张刻意，看上去就像是阳光斑驳的池塘中一个偶然的倒影。青年男子留着长发和胡须，但这些都没有遮挡住他的脸，那是一张天使的脸庞，那么温和、生动、青春洋溢。他

似乎沉浸在思绪之中，却不知道该想些什么。尽管表面上我捕捉到了他摘下手套的动作，但并没有觉得自己正在注视一个凝固的瞬间。在画中，时间似乎成了一汪清潭，但并没有凝滞，好像过去与未来因为至关重要的现在而水乳交融。或者，在时间的无情之箭下，这位青年男子的一部分似乎仍然可以安然无损，而这正是提香在画中传递的信息。

在某种程度上，我们能够通过这幅肖像所用的材料解释它的神秘特质。提香用一层又一层半透明的釉料构建了这幅画，光线穿过这些釉料，不断地以一种新鲜的方式流动、反射和折射。我无法摆脱它在我心中激起的感觉。这幅画是如此美丽，生命在其中温柔地涌动，似乎它本身就是活着的，是活着的记忆，活着的魔法，活着的艺术。无论你愿意如何称呼它，它看上去是完整的，明亮的，不会衰减，永不褪色，正如我所希望的人类灵魂应有的样子。

我在自己的更衣柜顶格中放了一个旧信封，里面装着母亲给我的汤姆的照片。有些是快照，有些是照片，它们是有区别的。我回想着不同的照片，试图弄清到底是怎么回事。有一张是汤姆在他结婚那天身穿半正式西装的照片，他身材高大、结实，带着小男孩般的喜悦。还有一张是他在研究生院毕业典礼上的照片，他因为癌症而变瘦了，秃顶的头埋在松垮的博士帽下，显得有些尴尬，但他很骄傲。有许多是抓拍的照片，记录的是我们的童年时代，当时我们住在一条叫山核桃路的街道，家是一栋红砖房子，我们在树枝间跳跃，吃生日蛋糕，在床上摔跤。而且，看起来，所有被捕捉到的时刻，这种种记忆，都和那些卷了边的照片本身一样，有随着时间流逝而消失的危险。但将一切放到一起，就能显示一种更大的东西，对汤姆的单数形式的记忆，我闭上眼睛即可召唤，它看上去与提香的肖像如此相似：明亮，不会衰减，永不褪色。

那一天的第一批游客到了。我在一个合适的角落里执勤。我发现，在这些展厅里，我根本不需要闭上眼睛，就能够感觉到自己希望感觉的东西。

"天哪，怎么画的又是耶稣！"

在我工作的最初几个星期里，这是我无意中听到的最值得记忆的抱怨，当时我在古典大师展厅最古老的走廊中巡视。两条平行的走廊穿过了这个展厅的中心，一条是意大利，另一条是佛兰德和荷兰，它们是哥特时代晚期与文艺复兴时代早期艺术品的藏身之所。这些画作非常古老，无论看上去还是给人的感觉都很古老，特点是捶打过的金色背景上精雕细琢的光环，布满裂纹的表面像龟裂的玻璃一样，充满了对那个来自公元 1 世纪的加利利的男子的痴狂。（我将在 B 展馆中数出 210 幅耶稣像。）

我很同情那些心情欠佳的访客。尽管不是基督徒，我依然欣赏那些耶稣画像。在这些展厅中走过，就像翻看一部虽然阴郁但极为私密的家庭相册。那里有画婴儿的画：敬拜（Adoration）[1]、圣家族、圣母与圣婴。有青年耶稣的那些过渡时刻：受洗、荒野中的基督。最后，还有"受难"的片段：花园里的痛苦、受鞭刑、十字架殉难、哀悼、圣殇。显然，古典大师将自己的一切倾注其中，一切天赋和精力、一切惊叹和恐惧，都倾注在描绘耶稣这艰难且短暂的一生中。

再次走过这些展厅，我惊讶地发现，这些画作几乎全都在描写他的生活，但基本上没有触及他传道的内容。例如，我根本找不到一幅有关"登山宝训"的画，表现宗教寓言的画也极少。这些古典大师相当肯定，在耶稣的生命中，最引人共鸣的部分是他的诞生与生命终结。而且，将基督表现为超自然存在（复活、升天、成圣）的画作，与描绘他作为生动的凡人的画作数量之比为1：6，而在后一类画作中，能表明这位受难者非同凡人的只有他头上的光环。

或许，在大都会艺术博物馆中，最令人伤感的画是贝尔纳多·达迪创作的。他是佛罗伦萨人，与当时大约三分之一的欧洲人一样死于黑死病。面对他的《基督受难》（Crucifixion），我目睹的是一个压抑但又寻常不过的场景。基督的躯体庄严但无力，他的举

1　指的是耶稣诞生后不久东方三博士和牧羊人前来对他表达敬意。

止显示着温和的优雅，说明他勇敢地忍受着苦痛。玛利亚和约翰坐在地上沉思。首先感觉到的是，他们看上去很疲惫。这一天的狂乱过去了，只有死者犹存。直白的事实，无法揭晓的神秘，影响深远而又无从更改的最后结局。

作为一名保安，我可以按照原作者希望的方式理解这幅画作，我为此深感庆幸。身为一位 14 世纪的艺术家，他无法想象，自己有一天会出现在艺术鉴赏家的评论，或所谓的艺术史教科书中。在贝尔纳多·达迪的心中，这幅画必定是一种机器，帮助人们进行必要的、痛苦的回忆。我根本无意于在这幅表现耶稣的画作中找到任何新颖或微妙之处，我觉得达迪刻画的是痛苦，他的画是关于苦难的，除了苦难没有其他的含义。只要看到画作，我们就会感到苦难那令人沉默的巨大力量，否则就是根本没看出这幅画的意思。

我发现，许多最伟大的艺术作品，都是在提醒我们那些显而易见的事情。它们所传达的全部信息就是："这是真实的。"花时间停下来，更加充分地想象你已经知道的事情。今天，我对痛苦这一可怕现实的理解可能像达迪的伟大画作一样清晰明了。但我们会忘记这些事情，它们会变得不那么生动。我们必须像回到画作前一样，再次面对它们。

ALL

THE

BEAUTY

IN

THE

WORLD

三　　　　　圣　殇

我出生时，我的哥哥汤姆还不满两岁。所以，当我是个孩子的时候，他也是个孩子，我在青春期时他也是个青少年，而我过完 25 岁生日后不久，他去世了，那时他也只不过是个青年人。但是，这一切都让我觉得不真实。在弟弟眼里，哥哥永远都是个大人。在我人生中第一次去学校的那天，我看到了老师从花名册上抬起头看着我的那双眼睛。"布林利？"她问道，"你是汤姆·布林利的弟弟？"目光中半是喜悦，半是警惕。哪怕我能活到 100 岁，我觉得我仍然会是汤姆·布林利的弟弟。他是个独特的孩子。他能让老师们振奋，也能让他们疲倦。在初中，他乘坐公共汽车到高中上数学课。在高中，他到社区大学上数学课。数学课上，你能教多快他就能学多快，而他对于其他课程的理解也超出了那些偏科数学的学生。你可以给他布置额外的作业，但永远无法除去他眼睛里那一撇狡黠的目光，好像在说："怎么样啊老师，我还不错吧？"而且人人都必须承认这一点。他是个好孩子，开朗、耐心、乐于助人、谦虚、健康。他不爱显摆。他做一切事情都似乎游刃有余。事实上，当他口若悬河的时候，那种满足的样子让人发笑。

许久以后，汤姆解释了他为什么不去专攻纯数学而是去攻读生物数学的博士学位，这时你能看到典型的汤姆。（按照我的理解，他的研究课题是液体在活体细胞中的流动方式。）"显然，纯数学极为优美，"他解释道，"非常典雅。物理学也同样如此。生物学则毫无典雅可言。它完全是一团糟。帕特里克，你无法相信。直到我开始阅读克丽丝塔的有机化学课本，我才相信了这一点。"（克丽丝塔是他在杜克大学的女朋友，后来是他的妻子。）"不妨让我这么说好了。如果你或我想要建造一台机器，合乎逻辑的想法是，要尽可能用最少的零件，让它们以最清楚、最有效的方式运动。但生物界的运作与此截然不同。它以最奇妙的冗余和装饰建构而成，围绕一个主题产生数以百万计的微小变异。这样，即使其中四分之三出问题，生命仍旧能够继续。这就会形成鲁布·戈德堡装置[1]。它们确确实实是鲁布·戈德堡装置，是难以想象的复杂而又密集铺设的鲁布·戈德堡装置，确实达到了我们的大脑不足以理解的程度——最微小的细胞中隐藏着微观大都市。我认为这非常整洁。"

汤姆称这些东西很"整洁"。

1　鲁布·戈德堡装置指被设计得过度复杂的机械装置，它们以迂回曲折的方式去完成一些其实非常简单的工作。这种装置是由美国漫画家鲁布·戈德堡在其作品中画出来的，故得此名。

还有一次，在喝了口杯子里的云岭啤酒之后，他抬起头说道："你知道一件不可思议的事情吗？一切活着的东西，无论是瓢虫、红杉树、迈克尔·乔丹，还是水藻，全都是从一个小小的细胞进化而来的。但你知道还有更不可思议的事情吗？"他的弟弟不知道。"就那么一个简简单单的细胞。"我们静悄悄地，一边喝酒，一边深思。那个时候我们还不知道，汤姆左腿上的某个细胞将会突变，会变成一支癌细胞大军，对他发起围攻。

汤姆身高体壮。我们打架的时候，如果我能照着他的脑袋来一下子然后就跑，那我就很高兴了。他有橄榄球队线卫的敏捷，有克里斯·法利的幽默[1]，还有点儿像佛陀。我还记得，他曾经在一场大学橄榄球后备队比赛中担任中锋，但他没能抓住球，结果造成了混乱，因为他趴在地上，导致他的队友都越位了。他在比赛后不好意思地耸了耸肩，但也顽皮地竖起一根手指。"顺便说一句啊，那个裁判弄错了，"汤姆坚持认为，"那个裁判说'越位：整个进攻方全员越位'，他应该加一句'只有中锋没有'。"

2003 年秋，汤姆去纽约读研究生。他于 2005 年结婚。在那两年里，我们都健康地住在那座城市里，大概每个月见面一次。这少于我与大学里的朋友见面的次数，那时候的汤姆不是一位大学里

1　克里斯·法利（1964—1997），美国喜剧演员。

的朋友，没什么可着急的，我们的孩子将会是堂兄弟姐妹。结婚之后，汤姆觉得他的左大腿有点儿不对劲。11 月，他接受了手术，切除了一个肿瘤。然而，尽管做了放疗和化疗，到了 2007 年 1 月，癌细胞还是扩散到了肺部。汤姆患病期间，我们一起在这座城市里度过了两年零八个月。在此期间，纽约本身似乎也变了。在大学时，让人记挂的是唱片店、餐馆和华盛顿广场的喷泉。这是一个杂乱无章、色彩缤纷的浪漫之所，是一个手拉着手与年轻的爱人散步的地方。大学以后我搬到了上城区，这里到处是摩天大楼、黄色出租车，著名的街道上矗立着著名地标，这是一个想要聊天时需要先找好地点的地方。然后，汤姆就病倒了。突然之间，我变得经常出入肿瘤科楼层的病房和汤姆在皇后区的公寓。

那间公寓。

如果我今天闭上眼睛开始回忆汤姆，我仍能看见在皇后区的他。他正坐在破旧的红色长沙发上，一叠乱糟糟的纸堆在腿上。球赛正在进行。他因为身患癌症瘦了些，还秃了顶。我去了他那里。我们的妹妹米娅也去了。父母也去了，但现在他们到酒店休息了，是已经很熟悉的那家酒店。汤姆正在研究数学，他要在最后期限之前完成工作。尽管病重，他仍将完成自己的博士论文。我们都在不断地打扰他。但汤姆不在意，他喜欢这样。

"嘿，汤姆。"我说。"嘿，汤姆"将会开始一个很长但很可能没必要的故事，我会不慌不忙地讲述故事的细节，因为我是世界上最喜欢给汤姆讲故事的人，而他也特别喜欢这些故事，这让我很欣慰。他靠在沙发上聆听，听的时候动作几乎可以说是缓慢的，给我留下了足够大的空间，让我在他愉悦的注意力下尽情嬉闹。最后轮到他说话了。他站了起来，发表自己有关《白鲸》的观点，或者是对棒球、我们的琼妮姨妈的看法，并真正地因为这些观点而感动。或者是他讲了很长时间，最后才说出他讲的笑话的包袱。然后他坐下来，像写日记一样书写，一支被他咬过的钢笔流畅地晃动着。只不过，他写的并不是英语句子，而是希腊语，一页又一页数学领域会用到的希腊语，好像是带等号的《伊利亚特》。

这就是在公寓中的汤姆。

然而，一天下午，我接到克丽丝塔用压抑的语气打来的电话，感到非常吃惊。突然间，汤姆的身体在悄无声息、迅速地变得虚弱，而当我赶去看他时，我发现自己的哥哥真的有些害怕。

"快带他去见肿瘤科医师，"他的医生在电话里吩咐我们，"现在就去。不要管什么预约。带他上车，立刻就走。"

我们把他惯用的左胳膊搭在我的肩膀上，站在人行道边上等待郊区的黑色出租车，他的体重压在我肩上。

"哦，帕特里克，"他低声说，"你在忙些啥？"然后我们都笑了。

在一间单调的候诊室里，一场现代的"苦难"剧正在上演。我递给汤姆一瓶佳得乐。他发现自己没力气，拧不开盖子。他抬起沾着墨迹的左拳，一拳又一拳地敲打着瓶盖。这种事情看上去完全不可能发生，但这是我唯一一次看到汤姆的情绪失控。这次是自身免疫疾病。几天后，他已经虚弱到无力眨眼睛的程度了，但他还是活了下来。

"我说，汤姆，"我有一次问他，"这是怎么引起的？"意思是有关癌症的一切。他歪着头说："嗯，很难说。有意思的是，我用生物数学做的事情，有时候我真的能把它做得非常出色。当你想到这一点时会很吃惊。这样一种非常抽象的美丽的数学，这样一种人类基于观察和本能的语言，结果真的能够描述真实的自然。简直令人难以置信。说得委婉一点儿，在大多数时间里，我觉得，与我正在做的工作相比，自己显得很渺小。但是，我觉得没有谁真的知道，为什么一个软组织会癌变。"他好奇地看着自己的左腿。"但确实是有原因的。"

在自身免疫疾病最严重的时刻，汤姆将我们一个一个地叫进房间道别。离开房间的时候，我的心全碎了。我在一本医学小册子的背面写下了如下文字：

很快就无法说话了。但我还是很幸福。在很多事情上很走运。家庭。照顾克丽丝塔。很遗憾没能完成数学工作。不会放弃。不担心你。你是好样的。爱。我一直是个好人。睡着了，有人回到了录像店。人人都会受苦，现在轮到我了。人人都会死，现在轮到我了。吃了药，会让自己不痛苦，但也不想这样做。不在乎死，但不想受苦。看到人人都在变老。要保证克丽丝塔的幸福。许多幸福的回忆。与我谈话的幸福回忆。就像你在看电影时睡着了，有人在你看完之前把它还回去了。

实际情况是，他又活了一年。

医院。

总的来说，在汤姆的那间小病房里，大家心情还算愉快（其实他住过好几间病房，但在我的记忆中，它们变成了一间）。生活很简单。填字游戏，报纸，电视上的球赛，朗读书本，订午餐。汤姆在病中不再那么闲不住，他没有寻找新目标，他喜欢且热爱他一直拥有的那些东西。我觉得，这为许多事物加了一层光晕，所以球赛变成了好球赛，书变成了好书，前来探访的朋友是好的朝圣者。所有这些都很简单，都是给他的拥抱。

汤姆喜欢拉斐尔，于是我们用图钉把《金翅雀的圣母》这幅画固定在他的病床上方。我的父亲特别赞赏狄更斯，他会打开一本平装书，朗读其中某个悲伤或者有趣的段落。以这样一种方式，伟大的艺术轻松地展现在如此平凡的场景之中，真是奇妙。我很久以来都觉得不该是这样的。特别是在大学里，我觉得，伟大的艺术是让人们瞠目结舌或者回眸观赏的东西，是比我们更高贵的人用来装饰大教堂的东西，或者是他们放在鸿篇巨制的封面封底的东西。然而现在，即使是一个如同耶稣受难那样崇高的故事，也让我们觉得很近，不那么神秘，而是在尝试平凡地表达在这个房间里发生的寻常的事。

　　黑夜降临后，在汤姆病情严重时，总会有一个人陪护着他，通常是克丽丝塔。他睡着的时候，我们一言不发地看电视，简直无法相信房间里会如此安静，而发生的这一切也都令人无法相信。汤姆，有趣的汤姆，他的身躯曾如此魁伟，体魄如此健壮，但现在如此温和、优雅。多么美好。我会帮他侧躺，在他疼痛的背上按摩，拳头陷进了他的肌肉。他会呻吟着，低声向我道谢。然后又重归寂静。然后我看着他呼吸。

　　正是在这样的一个时刻，我和母亲在拂晓时分坐在他床边，我看见她正扫视着房间里的每一样东西，仿佛是第一次这样做。她看看自己睡着的儿子，看看我，看看灯。那副躯体，恐惧，优雅。"看看我们，"她对我说，"看看。我们就是一幅该死的古典大师的画作。"

几个月后，我们去费城探访母亲的四个兄弟姐妹。你可以想象，埋葬了自己 26 岁的儿子之后，与自己的兄弟姐妹和他们的成年子女之间的谈话是何等温馨，又何等艰难。这是我母亲的想法，要去寻找一个更简单、更安静的地方，于是我们母子俩悄悄地走了。透过车窗，我们看到城市依然正常运行，走路的人，遛狗的人，所有这些都证明，世界不会因为发生了某件引人注目的事件而停止运行。然后我们从本·富兰克林公园路上转弯，在艺术博物馆前停下了车子。

我还记得，当时的博物馆如此寂静，就连那些雕塑也好像最近突然中了魔法。这里实在太静了，我们可以听到自己在苍白的石地板上的脚步声。我们爬上了一段通向一座金色的狄安娜雕塑的台阶，她的重心落在前脚掌上，她的手时刻拉紧弓弦。母亲走在前面，她带着我走过褪色的挂毯和被光照亮的手稿，走进了古典大师展厅。这些展厅像教堂或修道院，有彩色玻璃窗，石制的洗礼池。这是交织着苦难与优雅的神圣场景，是一位名叫莫琳·加拉格尔的费城女孩感觉非常熟悉的场景（她很早以前就不信奉天主教了，但对这些场景的感觉仍然在）。而且确实，我对这些展厅里的气氛极为熟悉，但个中原因与格子半裙或者严肃的修女毫无关系。这就是那几个月里汤姆的病房中的气氛，有种令人无法言说的神秘、美丽与苦痛。

我们无声地分开了，各自在附近寻找让自己伤感或振奋的画作。我找到的是一幅宝石般的镶板画，是 700 年前的一位意大利无名画家创作的，风格朴实、真诚。它是用蛋彩画颜料（即以蛋黄为基本原料）在一块小小的白杨木上绘制的，描绘了在一个岩石洞或山洞入口处的圣母玛利亚，还有她刚刚出生的婴儿。一颗神奇之星出现在他们的头顶上空。国王和天使聚集在那里，见证耶稣的诞生，并朝拜圣母与圣婴。玛利亚似乎对这一切喧嚣毫不在意，她的眼睛紧盯着牲口草料槽中静悄悄一动不动地躺着的婴儿。这样的场景叫作"敬拜"，我把这个带有爱慕意思的优美的词语记在心中。这种温柔的崇拜在这样一个时刻出现，是多么适切。我们因为这样的场景而寂静无声，我们的心被软化了，被这样生动、毫无隐藏、只能在日常生活的喧嚣中微弱地感受到的东西打动了。我们不需要解释自己欣赏的艺术品，补充背景只会掩盖那份直接，且不知为何使得神秘之感变得模糊。无疑，你曾以这种方式感受过熟睡中的孩子或爱人、初升的朝阳、汹涌拍击的雪浪、某种圣迹，或是由一位辞世已久的意大利画家惬意地创作的画作。看着我的哥哥紧握着双手勇敢地承受，我几乎无法感觉到其他任何事情。其中有一束特别清晰的光，似乎来自奇迹之星，我们也可以在古典大师的画作中看到同样的东西。

我离开了这幅画，到文艺复兴时代早期的展厅里寻找莫琳。当我看到她时，她正被另一幅作品吸引，那幅画要比我发现的这幅更直截了当，更优美，甚至更真实。它是由一位名叫尼科洛·迪·彼得罗·杰里尼的佛罗伦萨画家于 14 世纪创作的。在毫无特色的金色背景下，它描绘了一个非常英俊但显然已经死去的男子，他的身体完全由母亲支持着。她抱着自己的儿子，仿佛他还活着一样，这样的场景叫"圣殇"。我母亲很容易落泪，无论是在婚礼上还是看电影的时候，但这一次非常不同。她捂着脸，肩膀抖动着。当我看到她的眼睛时，发现她正在痛哭。她的心是完整的，同时也是破碎的，这幅画激荡着她心中的爱，同时为她带来了慰藉与痛苦。当我们崇拜的时候，我们理解了美。当我们哀悼的时候，我们理解了"生命就是苦难"这一古老格言的智慧。一幅伟大的画作可以看上去如同一块厚厚的、纯粹的基岩，是一种无可言喻的现实。

一两个小时过去了，是时候离开博物馆，回归高高耸立在基岩之上的所谓现实世界了。父母和妹妹米娅乘飞机返回芝加哥，我则乘坐美国铁路公司的地铁返回纽约，我的第二故乡。我 25 岁，在中城区汇入了正在漫不经心快速行走的人流，但在更广泛的意义上，我并不确定自己会走向何方。我不会前往附近的摩天大楼，去做那份我有幸获得的办公室工作，过去我野心勃勃，现在我不再能忍受它了。我觉得，无论踏上哪条路，我都不会在这个世界上艰

难地奋力前行了。我失去了一个重要的人。我不希望从这里向前走。从某种意义上说，我根本不想动。在费城艺术博物馆，我可以在沉默中驻足不前，可以在里面兜圈子，可以来回踱步，可以原路返回，可以谈心，可以抬头观看美丽的事物，而且只会感到伤心与甜蜜。

挤在一节满载着疲倦乘客的车厢里，我乘坐开往布鲁克林的摇摇晃晃的地铁回家。一个想法逐渐在我的心中成形。我注意到那些在纽约的大艺术博物馆中工作的男男女女已有几年了。不是那些躲在办公室里的策展人，而是站在每处角落里注视着一切的保安。我是否能够成为他们中的一员？事情能否如此简单？那里真的会有一个漏洞，能让我退出这个正在向前行进的世界，整日停留在一个完全美好的世界当中？我沿着布鲁克林的第五大道行走，经过了五六个墨西哥快餐馆，来到位于第三层的公寓。等到我在门上转动钥匙的时候，这一切似乎极为简单。2008 年秋，我开始在大都会艺术博物馆上班。

ALL

THE

BEAUTY

IN

THE

WORLD

四　　　数 百 万 年

在这里工作的第四个月结束的时候，我被派到工会办公室，那里实际上是古埃及展厅下的一个储藏室。一位被称为卡特先生的严肃主管招手让我进去，而且很不寻常地用我的教名称呼我："祝贺你，嗯，帕特里克，你通过了试用期，现在成了第37特区1503地方分队的一员。请填好这张表格。很好，很好。你会马上看到你的病休时长和年假时长的累计率上涨，但它们要到一年服务期满才会真正增加。在此之后，或许是明年春季的某一天，有人会让你安排你的第一次休假计划，你应该在即将到来的冬季考虑好，比如在2月份。选择休假周的顺序是严格地由资历决定的，通常就是这种情况。但分派办公室现在会让你到每一个展厅执勤，所以，在这期间你至少会有几次需要到处走动……没问题。很好。如果你搬了家，你需要让我们知道，我们会给你寄去新的工会卡。接下来你应该去制服办公室挑选鞋子。而且，哦，注意你下一次的工资支票，其中包括第一次长筒袜津贴，每年付一次，80美元的袜子补助。"

"谢谢你，主管先生。"我说完便出了办公室，琢磨着会在工资支票的什么地方找到长筒袜津贴。

在一个普通的早晨，我从东 82 街走近博物馆，正对着它庄严的巴黎美术学院风格的建筑外观，包括柱子和馆外优雅的大理石阶梯。但保安不会沿着大理石阶梯走上去。相反，我转向第 84 街的一个岗亭，从早到的同事们身边经过，他们坐在博物馆建筑正面的角落里，喝小吃店卖的咖啡，闲聊，吸烟，沉思，读《纽约时报》和《纽约每日新闻》。当一辆 M1 路公共汽车停下，一些来自上曼哈顿的保安下车时，有人高声喊道："别关门！"他们是晚班（午夜班）保安，他们全速从我身边穿过，搭同一班公共汽车回家。走近岗亭的时候，我看到一辆没有标志的卡车被允许驶入货物装卸处（车中可能装载着从卢浮宫借来的艺术品，也可能是为孩子们准备的热狗面包，对此我不很确定）。然后我走向第二个岗亭，我在那里刷员工卡，并让一束监视器的光照亮我的脸。"早安。"我听到一位资历更老的同事跟我打招呼，到了这时，他即使不知道我的名字，也认识我的脸了。

我推开一扇沉重的金属门走进去，看到通道被几个在护卫办公室外等待的临时工挡住了，直到一位身穿连体工作服的保安带着他们离开之后才能通过。楼里总会进行些整修工作，但博物馆的任何地方都不允许带着电动工具的人闲逛，所以会有一位陪同人员整天负责照看他们。头戴安全帽的工人很容易与博物馆一楼的美学环境搭配。这里,我们脚下是混凝土地面,头上是线路和管道系统,一摞摞盛艺术品用的板条箱,多种语言的地图堆放在托盘里。其中重要的装饰元素是一长排老照片,它们是过去 100 多年间在博物馆内外拍下的——第五大道的防水布下面排列着丹铎神庙的石头;阿斯特夫人参观正在建造中的阿斯特庭院 [1],那是一座中式文人庭院;世纪之交一群打扮得好像伊迪丝·华顿的女学生在画作《华盛顿横渡特拉华河》前的照片;一张老旧的黑白照片中,一名保安直视照相机镜头,他当时倚靠在门框上,手背在身后,尾椎骨抵在手上,两腿向前倾斜大约 30°,双脚交叉。在他的时代,画廊下面有一个射击场,日班保安和夜班保安每年一度在射击场里比赛。我最喜爱的照片表现的是一支获胜的团队,他们带着手枪,在由蒂芙尼公司定制的奖杯旁摆拍。

我正在前往分派办公室,但我抑制不住地偷看指挥中心,那里有一位身穿黑色西装的大头头,他是安保经理,正在输入一组进门密码。门在他身后关闭又锁上,短时间里我只能看见一排闭路电视监视器,但我从来没有清晰地看到室内的情景,十年间连一次也没有。与此相反,分派办公室则很温馨。紧靠着柜台,一名保安正把他的名字签在加班者同意书上,另一名保安则在填写一份假期申请

1　阿斯特庭院,即明轩,是位于美国纽约大都会艺术博物馆的一座中国古典庭院,仿苏州网师园建造而成。

表，第三名保安正在翻阅名为《大都会艺术博物馆记事》的双周员工通讯。柜台后面是几位外派员，他们眼睛紧盯着计算机，另外还有一位名叫鲍勃的白胡须男子站在一块大告示牌前工作。没有几个人能够把500多名保安的名字全记住，但鲍勃是其中之一。当我们走进房间时，他拿出一块块写有我们的名字与我们所负责展馆的牌子，把它们放到代表博物馆各展馆的区域。每一个展馆都有一个需要达到的员工数量，但取决于那天有多少派遣要求，鲍勃可能发现自己需要增加额外的岗位，或者员工不足，所以某个展馆会有短缺，或者有些展馆不得不关闭。然后他会高声喊道："布林利，A展馆！"（中世纪）或者"R展馆！"（现代），或者"K1！"（古希腊与罗马），或者"F！"（亚洲），或者"I！"（19世纪），或者"G！"（美国），或者其他的哪个年代、文化或者地点。这天早上他喊的是："布林利，H展馆！"我几乎马上就想起，这是让我去古埃及展厅。

"H展馆。"我回应了一声。我刚一进门，马上就被打发走了。

在向储物柜室走去的路上，同事们在比较当天的分派任务。

"你今天去哪儿？"

"C（大厅）。真见鬼，怎么一周让我去那里三次。你呢？"

"J（当代艺术）。不算糟糕，也没那么好，离更衣室好远，但无所谓了。不过，你觉得鲍勃到底是怎么决定的？"

"谁知道？我过去以为，如果我来得特别早，他就会让我去我的主展馆。但每当我得出一个想法，他的行为立刻能把它推翻。"

我们来到了一段楼梯，在那里分为两队，仍然穿着便服的人下楼，已经换好了制服的人上楼，这时我想起，我有一条裤子还留在博物馆裁缝约翰尼那里。

走下楼梯，我走进了制服办公室，看到了"约翰尼·纽扣"（人们通常这么叫他），他正坐在一排深蓝色西装旁的一台缝纫机后面。墙上挂着布鲁克斯兄弟公司的海报，上面是一个手绘的箭头，指出了模特扣上夹克装扣子的正确方向。约翰尼是个参加过朝鲜战争的老兵，有点喜欢抱怨，但大家都挺喜欢他。看到了我，他把嘴上噙着的大头针拿了下来。

"来拿裤子，对吧？口袋破了……小伙儿，你把手放在口袋干了些啥事儿？得了，得了，用不着告诉我。"

他站起来，磨磨蹭蹭地走向衣架，但站住了，上下打量着我。

"我的上帝哦，小伙儿，你知道吧，那些图画里的光着身子的女人不是真人哦……"

另一个保安进来了，是史蒂夫。

"我跟这家伙说，"约翰尼对史蒂夫说，话里的"这家伙"指的是我，"叫他别把手老往裤兜里放，你知道，他应该表现得像个绅士。"

史蒂夫没接他的话，只是说："约翰尼，我想要好点儿的衬衣，需要我孝敬你点儿什么才行？看看这件衬衫，约翰尼。我都要被勒死了。约翰尼，我该干啥就干啥。我把我的衬衫丢到你这个盒子里了：就是上面写着'脏衣服'的盒子。我能等。我打开了我的衬衫衣橱，满心以为会看到干净利落的漂亮衬衫。就是那种熨得整整齐齐的衬衫，约翰尼。结果就得到了这么一件！这不是我的！我们一块儿在这干了十年了吧，约翰尼？你瞧瞧我的脖子！"

约翰尼边听边点头，等着史蒂夫说完，接着就告诉他，就像人人都知道的那样，衬衫不是自己负责的，他应该去找丹克沃思先生。

"去找丹克沃思先生……"史蒂夫发怒了，"滚吧，去找丹克沃思先生。这就是你干的好事，约翰尼。你整天坐在这里缝这些倒霉的破口子，还叫我去找什么丹克沃思先生……"

"是啰，那你又干了些啥？"约翰尼说，"就知道站在那里和那些倒霉雕像瞎扯淡？"

他们都笑了，约翰尼把我那条缝补好的裤子递了过来。

储物柜室里吵吵闹闹，有金属门摇晃着关上的当啷声，还有上百号人用十几种语言说话的声音。我从那些在不同程度上衣冠不整的男人身边走过，他们正在刷牙、刮脸、吃早饭。他们中有些人睡意蒙眬地拖着脚走路，还有些人一身职业正装，皮鞋铮亮。我来到我那排储物柜，道了声抱歉，插到了那伙正在储物柜前换装的成年男子中间。像在所有更衣室里一样，那些储物柜的大小适用于高中学生。在有些早上，所有人都会参与更衣室里的共同谈话，但今天，大多数人都在三三两两地私下谈话。来自孟加拉国的拉赫曼先生正在跟留着八撇胡的波兰保安尤金开玩笑。塞尔瓦托来自泽西，是一位身穿重金属无袖衫的年轻人，他正在与来自哈莱姆区的杰克逊先生谈论男性时尚。说话温和的第二代菲律宾移民南森与他的谈话对象汤米有共同的卫生习惯，后者是黎巴嫩移民，视觉艺术家：他们在脱鞋前会先在混凝土地板上铺好纸巾垫脚。几分钟后，二十年来一直并肩换衣服的纽约人路易斯和 J. T. 的争吵声越来越响亮，越来越有趣，吸引了大多数人的注意。我一边听着这些没有恶意的玩笑，一边穿上了我的套装，把两枚金色的 M 字样的徽章别在翻领上，把一本平装书丢进了马甲口袋，准备在休息时阅读，然后注意到，用修正液写在内马甲口袋里的员工编号已经褪色了。我拍了拍口袋，确定哨子和钥匙在里面，穿上公司的制式皮鞋，打上一条葡萄酒红色的领带，没有跟同事们说多少话，在这里，人们按照自己的生活方式，也不干涉别人的方式生活，没有人会介意。

人们说，树根的延展范围与树枝一样大。大都会艺术博物馆也是如此，展厅下面还有两层，与公众知道的区域一样广大。有天赋的保安已经将这些区域的三维架构牢牢地记在了脑子里，所以他们能够在一间地下休息室外告诉你，阿兹特克神像位于头上，而在这些神像的头上是塞尚画的苹果。因为我没有这种天赋，所以会在搞不清楚方向时随意漫步，经过木工车间、有机玻璃车间、文物保护工作室和存储设备间，再加上一间武器库，最后才能找到向上的楼梯，弄清楚自己在这样一个艺术世界中的准确方位。展出奥古斯都大帝的石膏像这类展品曾经很时髦，但现在它们变成了后台装饰。今天，我在大帝石膏像周围转了最后一圈，然后上楼，找到了古典艺术展厅。古希腊展厅在我的右侧。一位古希腊运动员的光屁股出现在我眼前，在它后面的上层，是来自爱奥尼亚的阿尔忒弥斯神庙的庞大柱子。我想好了一条通往 H 展馆主管办公桌的最佳路径，并在穿过大厅后来到了古埃及展厅。

"你是布林利？"

"是的，主管。"

"对不起，布林利。你是第三班？"

"是的，主管。"

"你今晚想加班吗？午夜班，在皮特里庭院有个晚会，1.5 倍加班费。"

"不，主管，我不想加班。"

"没问题，布林利，去吧，去第三组，第三轮休息。"

"第三组……是神庙那边吗？"

"不是，从这里往前，全都是波纳布墓这类东西。请稍等，布林利，我给你写张纸条……"

主管让我身后的保安等一下，然后慢悠悠地写下了给我这样的新丁准备的小纸条。

"享受这一天吧，布林利，"她说。"下一位。"

古埃及展厅是一个非同凡响的工作场所。这是一个庞大的展厅，有足够的空间，几乎可以展出古埃及馆藏中全部26000件艺术品，这种奢华，是大都会艺术博物馆其他大部分展厅拼命想要得到的。尽管地盘如此之大，它在风格上却相当统一，因为它的所有藏品本质上都是极有说服力的古埃及艺术品。悠悠3000年，没有哪个民族会像古埃及人那样一直保持自己的风格，让你在进入这些展厅的那一刻就可以领略古埃及的美学特点。除了许多别的特质，古埃及是让我们的想象力狂喜的一个纯粹的礼物——帝王谷、金字塔、周期性泛滥的尼罗河……这一切如同幻梦，却是真实的。这是大都会艺术博物馆最能招徕广大游客的一个展厅，吸引了学校的学童、身穿休闲服装的教授、新时代治疗师和非洲未来主义漫画艺术家。而且，如果你刚好是这一展厅的保安，你将在这里最多次听到博物馆参观者提出那个最具代表性的问题："嘿，这是真的吗？"

我的岗位是在大约公元前2350年的波纳布墓，它是一个并不张扬的石灰石建筑，人们称之为斜纹坟墓。一对年轻情侣走进了波纳布墓。从服装样式与举止来看，他们似乎是纽约人。我思量着，不知自己是怎样轻松地确认这一点的。但他们显然过去从来没有到过大都会艺术博物馆，或许也没有访问过任何艺术博物馆，因为他们的表情明显地说明了这一点：瞪着眼睛，摇晃着脑袋，在来到这里的时候表现得更多的是犹豫而不是兴奋，好像他们还不知道自己会面对些什么。

"对不起，"那位男子说，"我的女朋友说这些古器物和诸如此类的东西都是真的。请告诉我，它们确实是真的吗？"

我告诉他们，它们确实是真的。

"那么，这意味着什么呢？"他继续追问，"它们真的是原件吗？是原来就有的东西？它们来自古埃及？"

我告诉他们，它们确实来自古埃及。

"那么，我眼前的这一件……"这次说话的是那个女孩，她伸手去抚摸一头花岗岩狮子的鬃毛，但我温和地制止了她。"哦，对不起。但是，请问，它是多少年前的古物？"

我告诉他们，这头狮子已经有 5000 年的历史了。

"5000 年的历史？"她说。

"5000 年了！"他说。他们开玩笑似的相互一再重复，好像这没有什么了不起的。"但是，"现在那位青年男子真的开始试图与我交流，"你该不会是在说，所有这些东西确实都是真的吧……"

我喜欢他们俩，看着他们瞄着一个装着这座博物馆里最古老的物品的盒子，慢慢地欣赏每一件旧石器时代手斧和新石器时代箭头的样子。我可以猜出他们这么慢的原因：因为他们现在还不知道这座博物馆有多么大。那个女孩推开了她的伴侣，指着标签上的信息，我可以猜出是什么吸引了她的注意力：那柄手斧的年代是公元前30万年至公元前9万年，这样一个小小的时间窗口，可以容纳1000个美国历史。他们的目光仅仅移动了大约30厘米，但他们经历了一次长达数万年的旅行，进入了一个人类（特别是古埃及人）正在大步迈进的世界。7000年前，这些优雅的燧石箭头射中了天空中飞翔的小鸟。我眼前的这对情侣非常耐心地思索着。他们或许觉得，自己与这些史前物品之间的距离简直不可思议，或许他们已经注意到，这把手斧与他们的手掌何等契合。或许他们正在尝试，想象一下10万年可能意味着什么。我想到，这些物品在他们的努力想象中已经变成了真实的，这种方式与我们其他人认识到这一点的方式迥然不同，这让我感到很吃惊。我怀疑，即使那位这样安排这个空间的策展人，即使她曾经认真地考虑过展览的内容，也未必会将它们与她自己每天有关真实的思考联系在一起。正如考虑地质年代与天文距离一样，当努力这样做的时候，我们可以对自己的祖先度过的漫长岁月惊鸿一瞥，但震惊之余，我们忘记了其中的真实性。我感觉自己对这座博物馆有着一种表达感激的冲动，因为它是一个值得再次探访并且记住的地方。

在长长的一段时间之后，那女孩转过身来，笑着，摇晃着她的男朋友，这时她清楚地看到，古王国走廊一直向前延伸，看上去没有尽头。我可以在一瞬间看到，他们俩走路的速度变了，更像一般的博物馆参观者。他看了看手表。她的眼睛眯缝着，意识到了这次出行的确切目的。他们大步离开，进入古埃及历史展厅，不想错过任何东西。再见，两位，我这样想，留在原处没动。我身后有一条岔路，游客们可以分道而行，而且我注意到，在越来越多的游客中，大约一半人走的方向与策展人希望的相反，他们从古埃及末代法老克里奥帕特拉（又称"埃及艳后"）死后开始，向前回溯几千年，返回大金字塔和前王朝时期。这正是古埃及艺术的性质，它们很奇怪地没有受到时间的影响。或许，大多数访客并没有注意到，他们正在逆时间而行。

我意识到了自己心中的冲动，于是走向一个经常被人忽略的展馆，它孤立于主要的参观路径之外。大都会艺术博物馆于1918—1920年间进行了一次收获极为丰富的考古挖掘，这个展馆中刚好保存着其中所获文物的一半（按照当时的典型安排，另一半会送交埃及当局）。博物馆的发掘是围绕着一位名叫梅克特雷的富翁的陵墓（已经被盗）进行的，而当时的一位工人注意到，有些泥土沿着岩石上的一道缝消失了。人们用鹤嘴锄挖开了这道缝，结果发现了一个盗墓贼没有注意到的墓室，其中保存着 4000 年来无人触碰的珍宝。墓室里没有黄金，没有珠宝，有的是 200 多个涂着颜色的木雕像，大部分高约 27 厘米。墓室内，复杂的模型船和其他忠实再现的场景分组排列，众多组合中包括一间酿酒坊、一座花园和一座谷仓。这些木雕像是真正的男人与女人的化身，他们在梅克特雷的几份产业中工作，而且他们现在还在这里，所以他们可能仍然在他的后世出现，继续为他效劳。

我走到了一个与酒坊和面包作坊的组合场景非常近的地方。和这个房间内所有的文物一样，它被挡在玻璃后面，所以我可以放松一点儿，不必多加注意游客们是否可能伸手触摸文物。我一直在断断续续地阅读一本有关古埃及历史的书，我又一次注意到，阅读书本与观看艺术品之间确实有相当大的区别。书中的信息让我增加了有关古埃及的知识；而与此不同，接触古埃及的一个真正的片段，其主要作用似乎是让我止步。这是艺术品的至关重要的一个方面：你无法清空艺术品的内涵，然后若无其事地继续生活。它似乎在提示我们，知道一个主题的几个要点根本算不了什么。确实，几个要点说明不了多少问题。一件艺术品往往会说出一些问题，它们太大，太详尽，因此无法得到概况；而尽管艺术品根本不会说话，却能够清楚地说明这类问题。

这个场景看上去很可怕，让人感到幽闭、阴森。18 个人在狭窄的小空间里劳动，男人们被剃光了头发，腰部以上赤裸，女人们身穿亚麻连衣裙，留着齐肩长发。女人们的任务是碾碎谷物，所以她们每人拿着一把石辗，不停地前前后后滚动着它碾压谷物，而男人们负责用长度差不多等于他们身高的石杵捣碎谷物。还有一些男人用手和面，做成长面包的形状，用脚把面团和水踩成糊状，还把制造啤酒的液体原料倒进大桶里发酵，所有这些都是在一个大约两个整理箱那么大的空间里进行的。

古埃及人有关时间的概念与我们的不同，他们称其为 *neheh*，意思是 "数百万年"，其关键特点是循环，而不是线性。太阳升起、落下，又升起。尼罗河泛滥、退潮，然后又再次泛滥。星辰以绝对严格的规律相对于固定的观察者转动，所以，时间的巨大转盘也会带走死者，并引导新生儿诞生，他们也会成长、成熟、死亡，一切事物都在流动，但一切都不会真正变化。人们认为情况显然如此，这是可以观察到的事物的本质，这一模式也延伸到了下一个世界，因此，在大都会艺术博物馆中的这些雕像必须永远不停地劳动。尤其是当看着那些女人时，我发自内心地感到，她们的过去、现在和未来没有明显的界线，每一天都要滚动那个石辗，任何事情都永无休止。在这个年代里，金字塔已经是古老的存在，而且它们在未来的几千年中仍然是文化的支柱，在这种情况下，想象一个向前发展

的历史简直荒谬绝伦。

手机的铃声结束了我的沉思。我看到了肇事者的眼睛，并有礼貌地摇头，告诉他"不可以打电话，不可以"。但他不这样认为。他粗鲁地竖起一根手指，与电话另一端的助手谈了些紧急的商业事务。在等着他挂电话的时候（我会给他一分钟时间），我沉思着自己在这个现代世界中的责任。与这位商人不同，与大多数人不同，我需要承担的责任不多。我没有一个需要向前推动的球，没有一个需要推进的项目，没有一个需要建立的未来。我可以在这里做30年保安，但本身没有任何发展变化。公众不会比我更清楚地知道木乃伊或厕所在哪里。他们还会问我法老图坦卡蒙陵墓在哪里，他们还会用手拍花岗岩石棺。曾几何时，我有一个非常不同的工作，在做这项工作时，人们告诉我，我需要"到各处去"。那位商人终于挂了电话，一切又再次静了下来，我发现自己很乐于待在原地。

大学毕业之后，汤姆生病之前，我在《纽约客》杂志社申请了一份工作，被他们雇用，我感到说不出的高兴。这不是一个最低档的职位，它让我觉得这是人们对我的一种赞许，好像我已经开始了飞黄腾达的职业生涯。杂志社在第42街上，离百老汇不远。当走出第20层的电梯时，我在接待台前遇到了一位名叫C.斯坦利·莱德贝特三世的男子，他身后的书堆放得高高的，好像要把他压垮。

斯坦利的两侧是玻璃门和金色的徽标，是企业崇高的道德准则和社会责任的象征。但要进入这扇门，我必须首先通过一道离奇的当代艺术装置，它就是眼前这位庄严的接待人设置的。这一装置上的每一寸存在都在对我说："是的，你来到了《纽约客》杂志社。"

斯坦利祝我好运，然后，有人带我走过了编辑们匆匆走过的走廊，他们携带着些奇特的东西，就是所谓的"排版样张"和"清样"。我很快就将学会如何使用我办公桌上的软件，实时观看每周的杂志编辑状况：一些段落被删减，一些文章被加了进去，千百条修改意见被提出、拒绝或者被强制执行。我也将学会每周的节律：这是周一，所以请冷静。节奏将逐步加快，一直到周四冷血无情的截止期，接着是周五的崩溃。

从我的办公桌可以看到帝国大厦。我觉得这里与大学非常不同。那里是学生手里用橡皮泥制成的游戏世界，而这里是一个标志性的机构，如同我窗前的高塔一般守旧、僵化。我不会影响它，但它会影响我。我已经做好了准备，按照《纽约客》的著名风格重铸自身。

我在一个很小但相当富有魅力的部门工作，该部门负责杂志的公关活动，最重要的是每年一度的"《纽约客》节"。我的老板每天早上都会站在一个大黑板前，往上面贴有关她梦想的彩色便利贴：

Jay-Z 与编辑戴维·雷姆尼克对谈

去看看米哈伊尔·巴雷什尼科夫的工作室

世界探险者专家组，包括登山家莱因霍尔德·梅斯纳、高海拔考古学家康斯坦萨·切鲁蒂和某位深海潜水者（？）

她的这些想法有时候会实现，有时候不行。我的工作是帮助她与各种天才人物预订会议，解决生产与旅行方面的后勤问题，然后每年用 72 小时，身穿正装，在曼哈顿的各种场合扮演大人物。

"你好，我是《纽约客》的帕特里克·布林利。"我对从豪华轿车中走出、身高一米九三的著名作家斯蒂芬·金说。粉丝把我们围了起来，口中喊着"斯蒂芬！斯蒂芬！"这些人是死忠粉丝。在他对面的我是来自《纽约客》的帕特里克·布林利。

"迈克尔·夏邦，你认识斯蒂芬·金吗？"我听到自己在对年轻的普利策奖获得者、小说家说话。他不认识金，所以得通过我做介绍。当活动开始时，夏邦第一个面对麦克风，金和我站在两边看着他。当夏邦朗读他的短篇小说时，这位恐怖小说大师摇晃着脑袋，坐在椅子上摆动着："是的，伙计，是的。是的，伙计，是的，是的。哦哦哦……"就好像他是一位专注地聆听科尔特兰作品的爵士音乐迷。参与这样的活动，是如此奇怪、如此神奇并且让我感到与有荣焉，我甚至完全没有想到，这两个人的书我一本也没有读过。

这一点让我意识到：我确实在镁光灯的强光下有些迷惘。听听这些惊叹吧——"你说你在哪儿工作?《纽约客》?!"但面对人们的赞叹维持本心，承认自己并没有什么了不起，只不过沾了名人的光，做到这一点确实不容易。自然，当我开始在这家杂志社工作时，我最先做的事情之一，是开启一份 Word 文件，并尝试按照诙谐的《纽约客》都市风格撰写一篇文章。我显然是在造假，而且没有成功。但我并没有从中吸取教训，而是选择退回了胡思乱想的庇护所。

我告诉自己，我周围有这么多成功人士，他们中许多人都知道我的名字! 这说明我也不错。我有一位重要的实权人物的名片，只要坚持玩这样的游戏，我敢保证，总有一天，我会成为这样的人物!

差不多用了三年时间，我才认清了一个难以接受的矛盾。如果我做的是一件不那么"令人印象深刻的"工作，我就可以在默默无闻的情况下写下自己的想法，可以在任何让我深受启发的课题上大发议论。然而，在现在这个大型团体中，我的思想受到了限制，我的雄心很奇怪地十分消沉。我费心费力地尝试书写一个自然段的书评，在"新书速递"版上发表，使用一种不是我本人的文风，摆出一份我并不具有的权威的姿态，表达一种我经常不是很确定自己是否真的赞同的观点。

与此同时，我的工作中需要在办公室里度过的那部分似乎也没有广阔的发展前景，讽刺的是，甚至不像一位博物馆保安的发展前景那样光明。我本人和同事们一起搭建了一些处理系统，它们让我不需要总是在办公室里每周工作 40 小时，但按照现代办公室的惯例，我照旧坐在办公桌前。同样按照惯例，我不可以在办公桌前阅读"闲书"，也不可以出去散步，让头脑清醒一下；人们认为，我就应该在互联网上随意点击，浪费时间，学会如何不读书。我就这样沉沦了下去。而且没过多久，我养成了一个我过去从来没有的习惯：偷懒。

那真的是一种令人空虚的失望。我并不完全知道，大学毕业后进入"现实世界"应该是怎样的，但我曾经预期，它会让我感到自由。但现在，我坐在一座闪光的摩天大楼里，喧闹的曼哈顿中区就在我的脚下，我体面的工作基本上是一种电脑游戏：收件箱，回信箱，发送。

我偶尔会为了休息一下抽一支香烟，但这只是个借口，为的是离开工位走上人行道，忘记无关紧要的工作中的烦恼。鸽子咕咕叫，地球在转动，这一切与我无关。在我吸烟的那几分钟里，我就是哈克贝利·费恩，一个逃学的弃儿，关心的只不过是更宽、更深的河湾，而不是我可能说出的意见。所以我什么也不说，并因此感到清醒。

然后我就会踩灭烟头的余烬，回到我的办公桌旁，重归所谓真实世界，并对哈克贝利的世界及其优雅视而不见。我这样做了差不多4年，直到汤姆的病情恶化，我一头扑进了那个真实世界，从此舍不得离开。

又到了轮换岗位的时候。当开始这天最后一次轮换岗位（总共3次）时，我进入了一个古埃及场景，它看上去就像你或许从孩提时代便想象的那样：严肃的石雕法老，刻着清晰的象形文字的干净石柱，表现神祇、祭师与皇家成员优雅侧面的浅浮雕。在我面前的，是新王国时期的法老哈特谢普苏特女王的著名坐姿雕像，大约创作于公元前1470年。在我两边的是女王庞大的跪姿雕像，它们正在向阿蒙-瑞神奉献祭品，后者刚好是哈特谢普苏特的神圣父亲。这个房间里的几乎所有物品都是人们在她的祭庙中发现的，那座祭庙矗立在沙漠绝壁脚下，也是她亲爱的父亲的圣殿。这是一个神圣场所，它拥有自己独特的时间观。这种时间观叫作"杰特"，是神祇和死者使用的时间，是统摄完整的、不变的、完美的、永恒的事物的时间。和循环与单向线性的时间不同，"杰特"游离于自然及其永恒波动的过程之外。这是完全非自然的场景的时间，神庙、墓葬以及周围的艺术品，似乎都融入了永恒的寂静。

与我守护的场景毗邻的是一个乱哄哄的场所，看上去有些可笑。学生参观团体经常涌入古埃及展厅，而现在我刚好看到几十位特许公立学校的学童，身穿配套的有领衬衫、卡其布裤子，打着和我一样的带夹领带。他们的年龄从幼儿园到小学五年级，个子有大有小，表情从天真到有点儿邪恶，从循规蹈矩到放飞自我，他们发出巨大的喧闹声，带队老师根本无法压制。我当然保持着戒备，但不想让任何人感到尴尬。这些孩子似乎知道不能触碰展品，而且他们很聪明地相互把习题本放在别人的后背上写作业。我遥望着哈特谢普苏特的坐姿雕像，结果发现，正是在这种喧嚣声中，她那威严的淡漠特别令人印象深刻。人们对蒙娜丽莎有相同的感觉：在她周围聚集的人越多，她那清澈的疏离神色越是动人心魄。这一效果在这里甚至更加明显，因为这座雕像的设计初衷就是展现一个独立于观察者之外的生命。它不是作为一件艺术品而被创作的，它是一台机器，为确立哈特谢普苏特在"杰特"世界的存在地位而建造。

我更加仔细地观察着坐在宝座上的女王。她是一位女性，与埃及公众会看到的那种哈特谢普苏特的公式化形象完全不同。在政治化的雕像中，她显得很阳刚，对于一个具有如此重要的超自然目的的物品，这一点无法回避。每天早上，她的祭师将打开她的神庙的大门，让这座石灰石雕像沐浴在清晨的光亮之中。在这个时刻，她（永恒的哈特谢普苏特）将化身为 akh，即闪光的存在，与她的父亲太阳交流。（更准确地说，阿蒙-瑞神是为太阳供能的神，即隐身于可被观察到的太阳神迹后面的看不见的创造性力量。）在强烈的卤素灯下，她散发出耀眼的光芒。令人难以置信的是，关于古埃及人为什么能在他们的文明初期创作出如此璀璨的作品，有一套神学上的解释。任何不完美的事物都无法进入"杰特"时间。作为一个能够荣登神圣王国大雅之堂的物品，它必定具有毫无瑕疵的圣洁，如同神祇本身，这让工匠们不会允许自己走捷径，这是在他们的艺术发展中的一个足够美好的阶段。古埃及人投入了大量资金，以保证人们眼中看到的艺术品带有神秘的色彩，具有不可思议的美感，因此是超凡入圣、永恒不朽的。它们在五千年来一直注视着芸芸众生，这让人很容易感受到他们的成功。

不难想象，这些孩子真正想看的是木乃伊，而我指给他们看的4具木乃伊全都没有打开，这时他们显然很失望。尽管如此，他们还是连珠炮似的提出了问题：

"这里面包着一个死人？"

"谁杀死了他？"

"谁说有人杀了他？"

"罗宾斯小姐说他们把他的脑子取出来了。"

"是啊，但这是在他死了以后。"

"他会发出气味吗？"

"为什么要把他包成那样，让他不发臭吗？"

"他在这层包装下面是什么样？"

我告诉他们，去掉了外壳，木乃伊会看上去很吓人，是一具干瘪的陈旧尸体，差不多就和他们想象中的食尸魔一个样。然后，我转身指着那些殓尸官用来盛放他（这人名叫优霍特普）的肝、肺和肾脏的罐子，告诉他们，这是为了让他真正的尸体尽量像一座雕像。我说，不管你信不信，这是因为埃及人认为，雕像似乎比死人的尸体更真实，也就是说，雕像更加永恒。当然，这对于这些学生们来说没有什么意义，他们注意的更多的显然是，这是一个令人毛骨悚然的情景。一分钟后，他们冲出了这个房间，把我留在原地，思索着这种将尸体制成木乃伊的冲动何等丑陋，何等失败，是对基本事实的何等无耻和脆弱的否定。这具尸体做不到这一点。无论你多么相信人的一部分会不朽，但不可避免的是，人的大部分是会腐朽的，疯狂的科学也无法让人体不分解。

在一天工作的 12 个小时里，头 8 个小时是 3 次轮岗，外加休息。到了下午的后半段，展馆负责人递给我一张绿色纸条，上面详细说明了我晚上的任务，其中包括进行 2 次不同的 3 岗位轮岗，外加更加短暂的休息。纸条上写的是：（A）神庙，（B）神庙，（C）神庙。似乎我将在晚餐后加入丹铎神庙小组了。我看了看手表。在这个时候，办公室员工们已经开始收拾东西准备回家了，哦，我在说些什么？今天是星期六，他们根本就不会来。所以，当轮到下去吃晚餐的时候，我在员工自助餐厅里看到的是关闭了的自助餐站，冷冰冰的烤箱，还有一队保安和保管人，他们排队等着用微波炉加热咖喱、意大利面食和炖肉。紧紧抓住袋装晚餐，我选了一张空餐桌，拉过一把椅子，把踢掉了鞋子的脚放上去，接着就很快地吃了起来，这样就可以在饭后小憩一下。在餐厅的另一端坐着好多边吃边谈的饭友。按照不成文的规矩，我所在的这一边是留给那些迷迷糊糊或者准备打瞌睡的人的。

我在不知不觉中开始了夜间的轮岗。这是进入轮岗的最好方法。在身心俱疲以后，我会让剩下的这几个小时轻缓地度过。我睡眼惺忪地站在神庙前，时而让目光停留在这里，时而让它停留在那里。当一个兴高采烈的游客问我是不是感到很无聊的时候，我告诉她我真的不怎么感到无聊，这时她说"太棒了！"，然后就走开了。我想她之所以这样问，很可能不是因为我看上去很无聊，而只是一个普通的问话而已。我不能告诉她，我几乎忘记了怎样才能感到无聊了。很可能我得了斯德哥尔摩综合征，但我觉得自己已经对守望龟速前进的时间一筹莫展了。我没法填充这些时间，或者找点事做，让它过得更快，或者把它变成较小的碎片。如果度过一两个小时很难忍受，那么奇怪的就是，更多的几个小时反而比较容易。在大多数情况下，我不会让自己的眼睛紧盯着下班时间。我已经调整了自己的生活，让它变得非常老式，甚至带着某种贵族特征，就是以王子一样的超然消磨时间，尽管我的小时工资额实在微不足道。

丹铎神庙是我做这些事的良好背景。它是这座博物馆的奇观之一，是一座重达 800 吨的优美的砂岩建筑，于 20 世纪 70 年代被运到纽约，当时水坝淹没了它在尼罗河岸边的区域。为了容纳这座神庙，博物馆特地建造了一座宏伟的大厅，从那里可以远眺中央公园，让大厅内的这座古老建筑物更具特色。和谐而内敛的神庙配有单独的入口大门，上面装饰着太阳圆盘和天空之神荷鲁斯伸展开的猎鹰翅膀。荷花与纸莎草图案的外部雕饰让人有一种它正在尼罗河上漂浮的感觉，在古代，这些雕饰都会被涂上鲜艳的颜色。跨过一道门槛之后，今天的游客们进入了过去很少有古埃及人能够进入和看见的伊西斯女神圣殿，一个内部圣地，一个只有一部分祭师才能进入的至圣之所，祭师们剃光了身上和头上的毛发，模仿死者，并以这种方式分享永恒。而在今天走进来的，是一个头发蓬松的青年大学生，一个扎着辫子、佩戴着珠子的女孩和她戴着教堂帽的祖母。

我慢慢走到神庙的侧面，仔细观看那里的浮雕。我找到了在那里很容易看到的法老，他头上戴着上下埃及的双重王冠。我在想，在和我一样的这些旁观者中间，有谁知道这位特殊的法老的一些奇怪之处。他的奇怪之处并不在于其形象或者徽章；这两样东西都足够传统。而在于他的名字，恺撒·奥古斯都，一位扮演法老的征服者，但他很快就会摧毁一个比记忆还古老的制度。丹铎神庙建于第一个公元千年开始后不久[1]，是这个制度的绝唱。

我看了看手表。我们也快要下班了。外面的天空变得很黑。聚光灯下的神庙闪着光芒。20：30，我开始发出请游人离馆的提醒，20：45，我们拔掉了插头。我们在场馆内快步走动，将闭馆的消息告知不愿离开的游客们，只让他们照最后一张照片，好吧，如果他们坚持，照两张也行。"没人了？"我们这些保安相互询问着。"没人了。"我们与下一个展馆里的同事们会合，然后是下一个，再下一个，我们跟随着慢慢向大厅退去的游客，人数越来越多。在整个建筑物中，相似的深蓝色人群追随着相似的拖拖拉拉的人群。我们下班了。游客全部清空。经理向我们挥手道别："晚安！"

第二天早上我来到了分派办公室，鲍勃再次让我去古埃及展厅。

1　根据维基百科，丹铎神庙始建于公元前 15 年，完成于公元前 10 年。

ALL

THE

BEAUTY

IN

THE

WORLD

五　　　远 处 的 海 岸

　　日子一天天过去，然后又一周周过去。大约在我正式任职的六个月后，一天晚上，在博物馆内的一次中国传统乐器表演期间，我有幸被派到了阿斯特庭院，一座按照中国明朝的园林风格重建的庭院。在演出之前，当音乐家们调试乐器时，我紧盯着园林的月门和上方的题字——"淡幽"，以及日门和上方的题字——"雅适"。我看着那块石灰岩巨石，还有许多小鱼在其中游动的池塘，它们共同形成了一个有关"风景"的中文词语："高山流水"。我觉得很舒适，甚至有一丝自满，好像我已经完全明白应该如何"雅适"了。

　　但演出接着开始了。我站在一位演奏古筝的音乐家身后，她即将演奏一种类似竖琴的乐器，但却是像一张小桌子那样横放着的。她的十根手指有八根佩戴着指甲，她的手指如同清风飘荡般拂动，在琴弦上欢快地跳跃，如同蜘蛛般轻捷地抽动，发出的旋律是我从未听到过的，追随的韵律是我无法把握的，其中的音符似乎总比我期待它们出现的略高或者略低。我只好认同这样的想法：我正在获得一种经历，只有当抛开你的期待并简单地吸收正在出现的事物时，你才能获得这样的经历。当这位音乐家的双手最终静止不动的时候，我觉得她只不过弹奏了 10 分钟，但这 10 分钟里充满了详细的内容，好像有人正在绘画，数以千计的笔触在不同的时刻悬挂在空中。我深感自身的渺小。我觉得自己是一个新生的婴儿，只有进行探索的资格。

我看着那位音乐家把她的乐器放进箱子，然后啪嗒一声关紧，接着我看着周围的中国国画，急切地想要放下已有的想法，重新发现它们。这让人感到，将笔触固定在表面上的视觉艺术令人难以置信地慷慨，因为这会让它成为一场永无休止的表演。

第二天我回到了 F 展馆，来到了一幅由中国北宋绘画大师郭熙绘制的手卷前，它已有 1000 多年历史。这是一幅展开铺平的手卷，生机勃勃、毫无瑕疵。作为一件手卷，《树色平远图》大小适中；如果我把两臂向身侧张开，原图的长度应该不长于两手指尖之间的距离。但在 10 个世纪中，历代文人收藏者在手卷上添加了许多文字（叫"题跋"），因此，这幅只有 35 厘米高的手卷，长度已经接近 9 米。在这些题跋中，最先吸引我的，是用浓墨自上而下写的汉字。我从来没有研究过中国书法，因为我看不懂它们写的是什么。但不懂中文让我有了一种优势：我可以看着这些形象各异的优美字迹，不会让笔画的视觉光彩因其文字意义而消失。如果某一笔是缓慢、曲折的笔触，下一笔则会是一系列迅猛、狂暴的突刺，在这两个极端之间的每处渐变都在某个地方有所体现。我的眼睛停留在一个地方，接着又停留在另一个地方，注意每一个地方为我带来的略有不同的感触，这些感触实在太微妙、太视觉，非文字所能表达。在这样的时刻，我意识到，有许多感官体验是无法用语言形容的。这些书法家的技巧与辉煌是最基本的艺术创作冲动的精湛表现：正是它驱使着艺术家们，用浓墨重彩改变空白的表面。

几分钟后，我慢慢走过一段不短的距离，来到了手卷的右端，那里是郭熙大展身手的地方。在绢上绘画不容有失，根本无法重来一次。他无法擦去墨迹，无法像使用颜料的古典大师那样，将画错的地方用颜料盖住。我的眼睛可以追踪郭熙在1080年画下的每一笔。他的艺术在我眼前一览无余，没有被层层渲染掩盖的东西。据郭熙的儿子说，郭熙经常进行的练习是每天打坐几个小时，然后洗手，挥动手臂，作画一气呵成。如果我在更早的时候观赏这幅手卷，我会把它拿在手中，慢慢地转动卷轴，让自己的眼睛悠闲地看着郭熙所画的风景逐步展开。但我现在不需要把它拿在手上。这幅画1000多年来给予它的保存与欣赏者的东西，今天依然存在。我的目光沿着与过去相同的路线行进，经过静止的小船上的渔民、秋天里光秃秃的树、小贩和他们用来驮货的骡子、突兀的岩石、正在爬山的驼背老人，然后看到了雾气弥漫中的群峰，美得令人心痛。郭熙曾在自己的著述中写道，他认为，山水画可以让人们摆脱"尘

嚣缰锁"，进入一种"猿鹤飞鸣"的境地。但我并不需要感受字面意义的自然。我很高兴能够置身于这幅图画之中，它如此清晰地将自然与艺术家的思想融为一体。郭熙本人就像我的亲密伙伴，甚至比猿猴和仙鹤更加亲密。

我的眼睛永远看不够这幅手卷，我的心也永远看不够，所以我沉浸于一次更深沉的静默之中，希望能够完全吸收它呈现在我眼前的意境。

我适时开发了一种理解艺术品的方法。我抗拒着自己受到的诱惑，不去幻想自己能够一蹴而就地理解一幅作品的伟大之处，不让自己受到吸引教科书作者的注意的那种"关键要点"的驱动。因为，要寻找一件艺术品的突出特点，就会让人们漠视它作为艺术品的大部分特征。弗朗西斯科·戈雅创作的一幅肖像之所以美丽，就在于它具有画家的才能所独有的特征，但也在于颜色的优美、形体的流畅、脸庞的靓丽、发卷的蓬松下垂，简言之，一个有价值的媒介已经吸收了我们这个多样而又迷人的世界的各种属性。面对艺术品的第一步，就是什么都不要做，只是看着它，让你的眼睛有机会吸收艺术品上的东西。我们不应该想"这里好"或者"这里不好"，或者"这是一幅巴洛克画作，其中的意义是 X、Y、Z"。理想的情况是，我们在第一分钟内什么都不想。艺术需要时间，才能对我们发生作用。

　　身为一个 B 展馆（古典大师）保安，每当鲍勃派我前往 I 展馆（19 世纪绘画）时，我都会感到吃惊。至少在我心目中，拉斐尔、提香和伦勃朗所在的展厅与莫奈、德加和凡·高所在的展厅之间存在友好竞争关系。至少每天一次，会有对于耶稣画像面带不虞的游客向我走来，提出一些类似"睡莲或者向日葵在哪里？印象派的作品在哪里？"的问题。这时，我就必须给出冗长的方向指引，告诉他们如何走过一段相当于几个街区的距离，然后才能在建筑物遥远的另一端找到这些作品。我不会因为这些游客的品位而抱怨。事实上，对于他们偏爱的印象派画家，尤其是克劳德·莫奈，我无法做到非常公平。他的画作太漂亮了，我一度怀疑它们除了漂亮没有其他了。但随后我便想起观赏艺术品的第一步，于是决定再次端详它们。

　　这是星期五的晚上。我所在的展厅里有一些表现睡莲和干草垛的画作，还有两位一直待到博物馆闭馆的死忠粉。干草垛是莫奈在不同的季节、一天中不同的时间创作的一系列画作的主题。这让人想打哈欠，但我也理解这样的练习的价值。哪怕在室内，到了这个时候，一切东西看上去都比较放松；画作本身看上去也准备休息了。这一天相当忙碌，我不知道喊了多少次"请不要靠得太近！"和"请不要用闪光灯！"，而这正是这个人满为患的展厅中一直都有的现象。但留下的少数游客一直平静地在展厅里流连忘返。这时候我得到了机会，能够认真观赏莫奈的画作，并发现其中能够吸引我的地方。

如果你想要知道某种事物是否好笑，那就看它是否能够让你发笑。如果你想知道某幅画作是否美丽，那就看它是否能够唤起你心头同等的反应，这种反应与笑声同样确切，但通常是以更静寂、更不易捉摸的方式出现的。我走到了一幅名为《维特伊的夏日》的画面前，近到了我的视野无法完全覆盖画面的程度。我发现，我的眼睛可以将画上的虚构世界视为真实。我看到了一个村庄和一条河流，村庄的倒影在河水中漂浮，只不过，在莫奈的世界中，那里没有真正的阳光，而只有颜色。在他小小的宇宙中，莫奈就像一个优秀的创造者，将阳光周围的颜色铺展开来。他铺展着它，挥洒着它，将它在画布上固定下来，手法如此娴熟，让我无法找到它永无休止的闪光的最终边界。我长时间地看着这幅画作，它只会变得越加丰富，永远不会终结。

我意识到，莫奈画出了世界的这样一个方面：它不会被视觉驯服，这就是爱默生所说的"灵光与闪烁"，他的画是在波涛中摇曳与融合的一百万道斑驳的反射。这是一种特殊的美，古典大师们很少能够将之融入他们的象征性色调布局，这种美更加混乱与辉煌，超过了我们的小小心灵通常能够让我们看到的程度。通常，我们看着周围，寻找有用的信息，但忽略了一大批不相干的刺激，它们大有将其淹没的可能。莫奈的画作将这些更为稀有的时刻带到了我们心中，我们能够理解的每一个微粒都很重要，微风很重要，鸟鸣很重要，孩子喋喋不休地说出的无意义的呓语很重要，你可以因为这一时刻的完整甚至神圣而膜拜不已。

当我经历了这样一件事时，我感觉到了自己胸中微弱但确实存在的颤抖。我在想象，或许是一种类似的感觉激励了莫奈，让他拿起了画笔。而通过这幅画作，他把这种战栗的感觉传递给了我。

我最终鼓起勇气，预定了一次加班（保安们称之为"双日"，因为可以得到双份工资）。在此之前，我一直担心自己的脚承受不了，它们或许没有能力在另外 8 小时内承受我的体重。做保安是一种体力劳动，站着挣钱不难，但你的身体会在它受够了的时候直截了当地告诉你。这种担心并没有消失，但我已经能够更好地忽略身体说出的这种话了。所以我在加班名册上填了自己的名字，然后得到通知，要我周一来加班。

博物馆周一闭馆，在没有熙熙攘攘地涌入游客的情况下，大都会艺术博物馆的员工们走出了他们的小圈子。博物馆雇用了 2000 多名员工，今天，他们中许多人看上去都很悠闲。策展人们站在展厅中心，商讨着应该将展品摆放在哪些地方。技工们推着放有艺术品的推车走动，不必担心撞上游客。装配工们花费了好几个小时，计划着如何在不用绳索与滑轮的情况下将一座塑像吊起来，那些在一旁监督的管理员们神色轻松，因为他们相信装配工们的能力。到处都可以听到正在运动中的剪叉式升降机发出的哗哗哗的声音，操纵它们的是电工、空调工和油漆工（他们用的是滚筒，而不是笔尖细细的毛笔）。有些员工利用自己的特权，在休息的那天带一两个人来参观。策展人会带着高额资金捐赠者和重要人物参观博物馆，保安和管理员则会带父母做一次豪华观光。

眼看着这样一个似乎有些笨重的机构竟然如此生机勃勃，确实是难得的体验。大都会艺术博物馆的馆藏由 200 多万件物品组成，或者说，差不多每 0.093 平方米就有一件，因此任何时候都只有其中的一部分得以展出。17 个策展部门各自独立地运作，充分利用它们的独特条件。[1] 美国、古埃及以及古希腊与罗马展厅的面积很大，这些展厅中的展品被塞进玻璃柜中，可以让游客观赏。其他的部门则没有如此幸运。服装展厅的展出空间有限，只能举行半年一次的展览，围绕某个设计师或者主题，有组织地展出受人欢迎的服装与时尚展品。速写与版画部门可以用其拥有的一条走廊（非常长）安排展品，他们不得不总是变动展品的位置，尤其是其中一些容易因

---

1 就像有关大都会艺术博物馆的运作情况的几个细节一样，自此之后，策展部门的数字已经有所变化，当你读到这里时也可能再次变化。——原书注

为光照变质的展品。现代与当代艺术部门拥有许多很大的艺术品，他们必须努力找出容纳这些物品的方法，因为博物馆只能安置数量有限的杰克逊·波洛克画作尺寸的油画和装置艺术品。而且，与其他同事相比，比如与古代近东艺术的策展人相比，当代艺术部门策展人必须紧跟时代的脚步。考虑到所有这一切，大都会艺术博物馆的各部门每年组织多达 30 次特别展出，其中一些耗资巨大，因为需要从其他博物馆那里租借展品，其他的规模则比较小，只不过占用一两间展厅。简言之，人们总是可以看到一些新东西。

上午班的时候，我看到一位安保经理带着一队大约 15 位新保安进来参观。他们身穿便服，因为这是他们的第一天课堂训练。每隔 4~6 个月，保安团队便需要招募新人，这不是因为员工流动率特别高，而是因为我们这支队伍是博物馆中最大的，有大约 600 名员工。很少有资深保安在退休前离开。保安的主管经理是克鲁兹先生，他在被提升为主管之前本身就是保安，然后他被调到分派办公室，这是一次真正的升职，接着又得到了一间楼上的办公室，他很可能会在那里做出高级别的决定。本周他将带领新保安们走完安全规章、应急准备、防火安全、保安的法定权利与权力等一系列流程，并向他们讲述他很久以前在艺术学校学习时便知道的博物馆馆史和馆藏情况。

从他们熟悉地图的方式可知，在这些很快将成为我的同事的人中，有些人是第一次探究大都会艺术博物馆的展馆。要想成为博物馆的保安，你不需要有艺术背景或者安保方面的背景。你只需要阅读招工广告，在开放日来参观，在任何领域内有拿得出手的简历，并在面谈的那天表现得有条有理即可。如果你有一个当保安的朋友或者亲戚，这也不会让人们对你格外青睐，但许多申请者可以从他们那里得知什么时候有空位。几十年前，有一些在纽约的阿尔巴尼亚人、圭亚那人和俄罗斯人小团体中的成员在这里得到了工作机会，结果，从那时起，消息便在他们的人际关系网中传开了：这是一个稳定的工作；可以加入工会；基本工资较低；加班费很不错；福利挺好……说到工作本身，我不会直接引用任何人的话。有些保安认为这个工作可以忍受，还有些人认为他们从中大受启发。

几分钟后，这批人离开了，非洲艺术展厅中只剩下我一个人，孤零零的一个人。因为是周一，我们的岗位之间的距离更加遥远。这是探索这一展厅的好机会，我从来自贝宁的著名珍宝开始。大约与米开朗琪罗为西斯廷教堂作画，米马尔·希南在伊斯坦布尔修建大清真寺同时，贝宁的艺术家们创作了象牙与黄铜艺术品。在几个世纪中，人们也同样认为，在这一领域，它们是不可超越的。这个时代的贝宁城已经有了700年的历史，以68种皇家行会著称，其中包括瓷器行会、纺织行会、建筑师行会、黄铜铸造行会、牙雕行会和大象狩猎行会。

　　远远地，我从一个由象牙薄片制成的面具上辨认出了贝宁王国太后伊迪亚的鲜明特征。伊迪亚曾募集了一支军队，帮助她的儿子埃希基夺得王位，她又募集了另一支军队，向北扩大了她儿子王国的版图。在她不屈不挠的脸上戴着的面具是一种特殊类型的艺术品：它会让人对佩戴者的强韧留下深刻的第一印象，然后在随后的接触中将她视为偶像。在大都会艺术博物馆中有许多国王与王后，但这个面具或许是皇家的威权与尊严最不可磨灭的形象。

　　我在伊迪亚的面具那里逗留了很长时间，我觉得它可能会在某一天不再继续留在这个箱子里。我相信，会有这么一天，在一个令人愉快的日子里，戴着乳胶手套的技术人员会把它从架子上取下来，带到指示牌上写着"限制区，仅限特许人员进入"的地下室里。我指的不是储藏设施，而是登记员指定的区域，包装员会在那里把艺术品放到定制的板条箱里，然后转送到装卸处。简言之，我认为伊迪亚的面具将会被送到一个专门为贝宁城设计的新博物馆去。今天，贝宁城是尼日利亚的一部分。1897 年，英国武装力量洗劫了那座城市，所以，在经过了几次不光彩的交易之后，它变成了大都会艺术博物馆的藏品。作为一个保安，我在物归原主方面没有什么专业知识，但我可以说，我们谁都不想感觉自己就是些狱卒，死守着一批确实不属于自己的东西不放。但在这期间，这件面具至少是在一个全球大都市内的公众藏品。说到西非，我脑子里最先想到的就是来自尼日利亚、加纳、多哥、布基纳法索和喀麦隆的保安。

只要转一个弯，我便旅行了 1600 千米，来到了中非，那里展出了一些木制的巫术偶像。我开始相信，或许，在这些雕像中，有一个是整座博物馆最神奇的雕刻作品，尽管我当时没有立即意识到这一点。随着经验的积累，我慢慢地知道，有些艺术品值得进行长期观察，而其他的则没那么出色，但你在开始时无法分辨某件艺术品属于哪一类。在很长一段时间里，我觉得这座雕像的价值远非同类雕像可比，但我不知道自己的判断是否正确。如果策展人们没有把它置于更重要的位置，我又有什么资格这样做？只是经过静寂中的长时间观察之后，我才确定：没错，它确实就是这样的物品。

这是一座"nkisi"（来自刚果地区的一种具有神秘力量的雕塑），或者说巫术偶像，是由现今刚果民主共和国境内的宋耶人在1970 年以前的某个时间创作的，具体时间不可考。雕像站立时大约 90 厘米，看上去像个矮个子男人，但其实不是："nkisi"不属于我们的世界。它的腹部好像怀孕似的隆起，胳膊和胸前涂着油膏，头戴皮毛与羽毛头饰，面部外凸呈盾状，庞大的头部支撑在如同螺旋弹簧似的脖颈上。它的创造是许多人共同努力的结果。村庄的长老们委托制造了这个偶像。在精心挑选之后，村庄成员们砍下了一棵树。一位雕刻大师完成了"nkisi"的形体，一位"灵性治疗师"（nganga）在它身上注入了具有魔力的药用物质，叫作"bishimba"。

完工之后，这一雕像的魔力会变得过于强大，任何人类的手都无法承受，只能通过固定在雕像手腕上拴着拉菲亚绳索的棍子移动它。人们列队将其送入圣地，并一直由一位村中男子守护，它会在梦中或者通过灵体附身，这位男子将帮助社区获得信息或者警讯。

　　现在，眼看着这座"nkisi"，我因自己得知如此详细的背景故事而感到毛骨悚然。到现在，它的手腕上还缠着拉菲亚绳索，它嘴里的泥状物质就是所谓的"bishimba"（它身体内的沟槽里也有），而且因为涂了油膏和动物的鲜血的缘故，这座雕像看上去湿漉漉的。最重要的是，我能够看出那位雕刻家的努力，他为了让这座"nkisi"具有超自然的魔力，成功地塑造了一个特殊的几何形体。我意识到，这位艺术家面对着一个形式上的极大的挑战。与郭熙的手卷和莫奈的油画不同，他的雕像不是对任何事物的模仿或者描绘。雕塑家的本意不是要让它看上去是一种神圣的存在——它本身就是一个神圣的存在，因此，它看上去必须如同处于一个人类无法达到的地方一样。它必须看上去有点儿像一个刚出生的婴儿：不是对于任何物体的模仿或者描绘，而是一个新的、神奇的、自我包含的整体。

　　围绕着这个生机勃勃的雕像观察，我只能为他成功地塑造了这一形象而惊叹。这是伟大的艺术创造的奇迹，一件优美的奇异瑰宝被加入人类的宝库。我不禁感到目眩神迷，而且受到了深深的感

动。这座"nkisi"的眼睛温和地闭着，它具有强有力的内在气质，好像正在招来意志力，对抗正在向它逼近的种种威胁。这座雕像的创作初衷是保护宋耶人，对抗那些常见的、永无休止的严酷状况：暴力、不幸、疾病。它无法取得这场战斗的胜利，但这一尝试本身非常感人。人们在面临巨大压力的情况下创造了它，它必须非常出色，才能战胜威胁。

ALL

THE

BEAUTY

IN

THE

WORLD

六　　　　血　与　肉

　　"大都会艺术博物馆中的毕加索"是我参与的第一个轰动一时的展览，它也是创纪录的展览之一，每天吸引的参观者超过一万人。特别展的第一幅展品是毕加索创作于 1910 年的自画像，他当时只有十八九岁；而最后一批展品则是在后面十几间展厅中展出的一批蚀刻画，它们是毕加索年届 87 岁时的作品，是从他在 270 天内创作的 347 幅系列蚀刻画中选取的精品。谁会知道，大都会艺术博物馆竟然收藏了数以百计的毕加索的作品，其中包括油画、陶瓷器、雕塑、素描和版画。只有其中很小一部分会同时出现在参观者面前，直到此时，才让人们大开眼界。

　　我们称这样的特别展为"展会"，我的大多数同事都不喜欢参与展会工作。"太像在马戏团里耍把式了，"其中一个人这样抱怨。参与特别展无异于"放羊"，需要管理源源不断地涌来的一批批推推挤挤、嘟嘟囔囔的人群，对于通常置身于庄严肃穆的 B 展馆的保安们来说，这种场面简直就是噩梦。我是一个例外。我觉得这份工作自有其神奇之处：房间里富有生机，情况经常超过预期甚至令人困惑，人们经常低声发出惊呼："毕加索的蓝色时期！[1]"，于是，我告诉分管主管，只要他愿意，无论多少次让我到特别展执勤都可以。这样做可以让大家满意，所以主管与我一拍即合，结果，在 4 个月的展出期间，我轻松地获得了 200 个小时的执勤时间，可以认真地考察毕加索丰富的作品，探索他深邃的思想。

一个星期天，我被指定在一幅 1.5 米高的玫瑰时期[2]画作前执勤，这幅画作名叫《演员》，最近在新闻中多有提及。几个月前，一位不走运的游客摔了一跤，身子扑倒在这幅画上。这位游客并没有过错，但让画作的右下角撕开了一个 15 厘米长的竖直裂缝。现在这幅画已经被修复了，而且被放在玻璃柜里面，但我很担心地看到，还是有游客凑过来，弓身观看那道淡淡的伤疤。现在，如果你能想象到挤满了展馆的人群会怎样争抢位置，以便对毕加索的作品先睹为快，你自然也可以想象到，将艺术品与看客分隔开来的那一条狭窄的壕沟状隔离带能够起到多大的作用。我一眼看过去，展馆远端有一位男子正无忧无虑地逐步侵入这条隔离带，而且，尽管注意到我在向他挥手，他却根本没有想到，我其实是想要他退后一

1　蓝色时期是毕加索基本上以单色（阴郁的蓝色与蓝绿色）作画的时期（1900 —1904），当时他受到在西班牙的旅行以及挚友卡洛斯·卡萨吉玛斯自杀的影响，作品采用苦涩的色调，有时表现阴沉的题材。

2　玫瑰时期指毕加索在 1904—1906 年间主要使用暖色调（橙色和粉色）作画的时期，与以前的蓝色时期形成了鲜明的对照。

步，与画作之间保持安全距离。于是他决定过来与我说话。这本身当然没有问题，但我们两人之间的最短路径是那条我不想让他进入的隔离带。这位毫不知情的男子大步向我走来，他的肩膀立刻撞上了毕加索的《白衣女子》这幅画的画框。

这幅画是由天花板下面拴着的铜丝固定的，它随着铜丝摇晃了一下、两下、三下。当这个可怕的运动停止时，我感觉现实世界与当前脱节了，而我自己好像目睹了一次地震。有人喊道"我的天啊！"人群立即远离那人，而他则高举双手，我觉得，他好像想看看我是不是会逮捕他。我叫来了展馆主管，最后我得到保证，说这幅画没有受损，也完全没有任何真正的危险。但我不敢确信。如果你看到一幅摇摇欲坠的毕加索的画作，只怕你很难感到一切正常。

两三个星期后，我又经历了一次震撼。在等待分配执勤岗位的时候，我打开了《纽约时报》，读到了一条新闻，说在巴黎发生了一起 5 幅画作被窃案，毕加索、亨利·马蒂斯、乔治·布拉克、费尔南·莱热和阿梅代奥·莫迪利亚尼的画作各丢失一幅。窃贼似乎是一位独行大盗，他趁着夜色打破了窗户（警方后来发现，他孜孜不倦地连续 7 天在窗户上大费周章），最终怀揣价值一亿美元的现代艺术品，消失在巴黎第十六区。就好像我需要似的，这是给我的又一次提醒，表明博物馆并非像它看上去的那样，是一个远离混乱的场所。它不是一个上了锁的金库。它是为人开办的，只要这一点是真实的，它就必须与人的一切缺点和诡计做斗争。

一天下午，我被分配到古希腊与罗马展厅值班，这时，一位被叫作怀特霍尔先生的老前辈指着一个看上去很普通的大理石希腊人头问我："你知道这是谁吗？"

我不知道。

"赫尔墨斯[1]，"他说，"你知道他是怎样被放进纽约中央大车站的一个储物箱的吗？"

我也不知道。

"那好，我跟你说说。那是我开始在这里工作后不久的事儿，我相信是在 1979 年。我听说这是普普通通的一天，只不过城里有法老图坦卡蒙的展览，是我们最大的展览，你可以查到。我不清楚这是不是因素之一。我只知道，某一位可怜的保安来到了古希腊与罗马展厅，看到了一个空着的基座，但他非常肯定，在这之前那里不是空的。几天过去了，到了 2 月 14 日情人节。警方得到了一份密报，说如果他们正在寻找赫尔墨斯，那他们应该跑一趟中央大车站，看一看储物箱某某号。顺便说一句，赫尔墨斯是窃贼之神。于是一群警察就拉起警笛，带着撬棒，跑到那里去了。果不其然，当

1　赫尔墨斯，希腊神话中的商业、旅行者、小偷和畜牧之神。

把门打开的时候，他们看到的就是这个眼眶空洞的家伙。"

我们都看了一眼那个希腊人头。

"但这还不算稀奇的呢！看看这里，就在他的左眼上面一点儿……就是这个地方，这里一直有一个刻在大理石上的心形标志，谁也不知道为什么有这个标志，也不知道是谁刻的，或者这只不过是偶然造成的或者怎么的；它一直就在那儿，没准已经有千百年了。"这时候，怀特霍尔完全没有必要地开始压低声音："当这位赫尔墨斯返回博物馆的时候，他的右眼上方被刻上了第二个心形标志。两个标志刚好配对。一个刚刚刻上去的配对的心形标志！我向上帝起誓，布林利先生。你可以好好看看那个人头。"（我后来真的看了，情况属实。）

我问他，第二个心形标志是怎么弄上去的。

"我猜是这样的：一个男孩和女孩约会，带她去了大都会艺术博物馆。她看着赫尔墨斯，看到了那个心形标志，说了句'好可爱哟！'之类的，于是我们的这位男子汉就把这句话放在心上了。眼看着情人节即将到来，他还没给她准备一件礼物。接着他就想起了那座雕像，还有上面刻着的那个小小的心形标志，然后他就回了博物馆，顺手牵羊把它拿走了。而且他实在是个蠢蛋，居然真的就在上面刻了个配对的心形标志，并把雕像放进了一个盒子。就这样。她解开蝴蝶结，打开礼品盒子，骂他是个傻瓜，而且他可能现在仍然是个傻瓜。于是，过了一个小时，或者最多两个小时，警方就接到了那个匿名举报。"

利用我的下一个休息时间，我跑了一趟大都会艺术博物馆的研究图书馆，找到"旧报纸数据库"，用了一些诸如"大都会艺术博物馆""被盗""偷窃""保安"的搜索词。我根本没有找到能够让人齿寒或者激动的艺术品被盗案。至少有 5 次，对话框问我是不是在找关于影片《天罗地网》的信息，那是一部虚构的以大都会艺术博物馆为背景的影片，其中保安们挥舞着带电的赶牛鞭（对此场景我总是回答"无可奉告"）。然而，尽管我的这次搜索没有在现实生活中找到电影里才会发生的情节，但还是有几次事件，如果把它们连在一起，足以构成关于这座宏伟博物馆的一份更为混乱的另类历史。

我能够找到的第一件盗窃案发生在 1887 年，当时一位巡夜人有一个"令人大惊失色的发现"，一个盒子被人撬开了，其中来自古代塞浦路斯的黄金手镯被盗。当时这个博物馆成立不久，塞浦路斯艺术品是其中仅有的真正有价值的藏品，而人们对于获得它们的手段有极大的争议。我能找到的大都会艺术博物馆最早的保安是迪克森·D. 阿利，一些有关大都会艺术博物馆第一任馆长路易吉·帕尔马·迪·切斯诺拉将军造假问题的新闻报道中提到了他。切斯诺拉生于萨丁，此人的人生经历丰富多彩，他在美国内战中成了联邦军官，后来担任美国驻塞浦路斯领事。按照阿利的说法，1880 年，当这座博物馆搬迁到它的永久地址时，他曾负责为古代塞浦路斯瓷器开箱并清洗（人们从未要求我这样做）。

令阿利大吃一惊的是，他发现其中一些瓷器显然是假的或者被替换了，因为它们的颜料是现代的，可溶性的，会在水洗时流进下水道。然后，人们交给他一件古代陶俑，让他负责从碎片堆里找到它的头。他能找到的最佳搭配仍然窄了 3 毫米，但这对于切斯诺拉将军来说不是问题。据说他下令把陶俑的脖颈锉细，让它与头部相配。后来，阿利先生直言不讳地回答了有关这一"修复"的问题，结果他因此遭到报复，被解雇了。

我发现的下一篇文章来自 1910 年。那一年，一位男子带着一具古埃及陶俑，走进了一家位于纽约鲍厄里街区的当铺。"我带来了一点儿小东西，想用它抵押一点儿钱，"据《纽约时报》报道，他当时是这样说的，"我不知道它值多少钱，因为它是我姑妈的，但她在这方面很有眼力，她买的所有东西后来都被证明是真品。"在仔细查看了这件历经 2500 年的遗物之后，当铺老板抱怨道："就我所知，你所说的精工修复很可能降低了这件小东西的价值。"他给了那人 50 美分（按照侦探的说法，足够"买 5 杯威士忌或者 10 杯啤酒"），那个盗贼接着又把当票卖了，得到了另外 10 美分。警察已经在寻找赃物了，他们在巡视当铺的时候发现了这具陶俑。那是一座奈特女神的雕像，她的名字的意思是"可怕的"，现在又回到了古埃及展厅展出。

1927 年的那次盗窃案显然是内鬼所为，因为窃贼使用了一把万能钥匙，盗走了 5 幅创作于 17 世纪的微型画。1944 年，一幅 14 世纪的锡耶纳画作被盗。这幅画作本来是用螺丝钉固定在墙上的，窃贼把它撬下来带走了，但随后又被人以邮寄的方式匿名归还，它的木制画板却因此裂为两半。1946 年，一位携带着两把螺丝刀、一柄锤子和一对手电筒的窃贼将一条土耳其地毯塞进自己的大衣里，当时一位资深保安丹·多诺万认为："这家伙的衣服鼓鼓囊囊的，很可疑。"

1953 年，大都会艺术博物馆的保安们罢工，不巧刚好发生在老威廉·皮特的一件陶瓷塑像被从放置地点拿走后不久。当时，罢工的保安身穿华而不实的古代服装，站在宏伟的大理石入口台阶上。身穿闪光甲胄的骑士手拿一面标牌，上面写着"我挣的工资和中世纪的人一样多，用中世纪的展览支付我的中世纪报酬"。

1966 年发生了两次事件。第一次，一位身穿雨衣的男子抢走了一幅盖恩斯伯勒的油画[1]，但当保安们追击他的时候，他把画作扔在地上。后来，一位布朗克斯区的蔬菜贩子在莫奈的《维特伊风景》

1　后来确定，这幅画出自托马斯·盖恩斯伯勒的外甥兼学生盖恩斯伯勒·杜邦之手。

上戳了个洞，原因不明。

1973年，博物馆因为一次盗窃案受惠。大都会艺术博物馆的馆长拍板收购了一个由画家欧弗洛尼奥斯绘制的绚丽的古希腊陶瓶，该陶瓶被弄成碎片，在穿越了多条国境线之后走私进入美国。陶瓶的绰号是"火瓶"，它成了《纽约时报》记者多篇揭露黑手党的文章的主角，最终于2006年被归还意大利共和国。

1979年至1981年这段时间十分不走运。第一，赫尔墨斯的头被盗。一年后，几个青少年用一个大衣的衣架从设计欠佳的展览柜中偷走了拉美西斯六世的戒指，一位珠宝商企图以归还戒指为诱饵敲诈博物馆，结果这伙人被一网打尽。这次案件发生在博物馆宣布有两座埃德加·德加的青铜雕塑失窃的几天后，但上述启事很快被撤回。博物馆官员承认"工作失误"，并说这些雕塑一直安然无恙地放在一间储藏室里。最后，据一位清洁艺术品的男子报告，在一个玻璃陈列橱窗中有一些小型物品失踪，包括一对凯尔特钱币和古代金礼服扣。后来证明，实际上，这位表面上目光锐利的管理者本人就是窃贼。

随后，安保部门发生了显著的转变，加强了对艺术品的监管。我生于1983年，在我迄今为止的人生中，大都会艺术博物馆的展馆中似乎没有发生过任何一件窃案（除了有几张棒球卡片被人从一间书房里顺走）。这是引人注目的成功，有很大一部分归功于我的前辈与同事们的小心戒备。

大都会艺术博物馆每年接待将近 700 万名游客，多于扬基队、大都会队、巨人队、喷气机队、尼克斯队和篮网队这几支球队加起来的主场上座人数，也多于自由女神像或者帝国大厦的参观人数，少于卢浮宫或者中国国家博物馆的参观人数，但作为顶级博物馆，全世界也仅有这几家。大约一半参观者来自国外，而在来自美国的那一半参观者中，有一半来自纽约之外的地区。大都会艺术博物馆的门票政策是"自由支付"[1]，所以，金钱并非目的，很多参观者会精神抖擞地在博物馆里逗留一整天，如同在公园里出游。总之，可以很公平地说，在吸引游客方面，大都会艺术博物馆无愧于自己的名字。游客是一个多样化的人群，抱着多种目的，他们来到这个伟大的都市，也走进了它最令人神往的聚集地之一。

作为一个非纽约当地人，我还记得，当年自己第一次在这里"看人"的经验。工作的人、社会上层人士和特立独行的人都走在同一条人行道上，谁都看起来没有一丝犹豫或害怕。某些人或许看上去遭受了他人欺凌，疲惫不堪或者脾气暴躁，但很少有人过分留意自己的外表、缩手缩脚或者心怀戒备。简言之，他们不会四处观望。而正是这种"孑然独立于人群之中"的品质，让纽约人成为

1　遗憾的是，自 2018 年起，这一政策只针对纽约州居民。——原书注

接受观察的理想的实验对象。读大学时，我有时候会坐在大都会艺术博物馆外的石头台阶上，观察第五大街上川流不息的人群，花费的时间多于我所预想的。当对此感到疲倦的时候，我会转身穿过大都会艺术博物馆宏伟的入口大门，融入另一道人流，它同我一直在观察的那道人流同样庞大，同样漫不经心。孑然独立……然后融入……孑然独立……然后融入……这是这座城市居住者的呼吸。

作为一位保安，我没有融入岗位前经过的人群。我或许融入了陈设之中，但从未融入人群，因为我屹立不动，是这样一个盛大演出场景的旁观者。在公园长凳上静坐一两个小时是一回事，而在几天中与毫不在意的陌生人共处静悄悄的房间则是另一回事。对于这种亲密感，藏身于托盘之后的餐厅服务员想必也很了解。只不过我并非偶尔需要使用自己的眼睛和耳朵，那是我的主要职责。

参观者体验这座博物馆有多种方式，但其中有几种典型方式。与任何其他事物一样，观察人群是一种技艺，人们可以做得越来越好。比如说，一旦我投入于掌握这种技艺，我就能够学会如何在我每天都会看到的成千上万人中找出典型人物。那里就有一位典型观光客，一位身穿本地高中防风夹克的父亲，脖子上挂着照相机，正在追寻最出名的展品。他对艺术没有特殊的兴趣，但这并不意味着他对自己看到的东西视而不见。事实上，在赞美古典大师展厅的精工细作时，他好几次大声说："天啊，就连画框都这么精美！"当他正在上学的孩子们讲述自己在世界史中学到的东西时，他会仔细地倾听。他确实认为大都会艺术博物馆是一座著名的艺术殿堂，但他对于这里没有任何一件列奥纳多·达·芬奇的作品感到吃惊与失望。尽管如此，他还是满怀热情地离开了博物馆。

那里有一位恐龙爱好者，一位带着年幼的孩子们的母亲。她伸长脖颈四下张望，但目光所及只有艺术品，因此她越来越感到彷徨。这是他们第一次到访纽约，对于她和家人而言都是大事，这家人在时代广场下榻。她只是理所当然地假定，一座著名的博物馆必定有一头霸王龙，或者某种能够互动的激光效果展览，或者有某种东西，能让孩子们享受。但她决定，既来之则安之，要不虚此行，而一位保安把她拉到一边，建议她去看木乃伊和穿着闪光甲胄的骑士。保安对她的孩子说了一番傻话，她因此心情愉快，离开的时候准备告诉别人，其实纽约人对人很友好。

还有三种不同类型的爱好者。第一种是艺术爱好者，他是一个静静的、看上去很专注的人，从另一个城市到这里看一个展览，那个展览在《纽约客》中有不少文章捧场。他会如同一只在兔群中慢慢爬行的乌龟，一寸一寸地走过展厅，这时他表面上不动声色，但心中不断掀起狂澜。第二种是大都会艺术博物馆的爱好者，他是纽约当地人，从他记事时开始，便一直将这座博物馆视为一座世俗的圣殿。在他的青少年时期，他每次来访都会交纳好几美元，现在他可以通过支付经济实惠的会员费成为会员。尽管他的工作与伟大的理想或者美好的事物毫无关系，但他住在这座城市中，这里的一切他都触手可及。最后一种是情侣，他们在各个展馆中四处游走，驻足于那些静寂不会令人尴尬，强烈的感情冲动被视为理所当然的地方。

还有几种不同的参观者，他们无法抑制地想要触碰这些雕塑、石棺、古董椅子和带有抽屉的东西。绝大多数人都能够遵守不触碰画作的规矩，但对画作以外的东西他们则不管不顾。如果你在大都会艺术博物馆里撒上粉尘寻找指纹，你会发现无数触摸艺术品的嫌犯。有些人控制不住自己：那些冷冰冰的大理石召唤着他们，而在意识到自己在做什么之前，他们的手便摸上了艺术品。有些人的眼睛紧盯着自己预定的目标，他们的步态表现出某种极有目的性的特质，这能让我发现他们的企图，并及时插到他们和艺术品之间。最后，是那种根本不知道不得触摸展品的规矩的人，他们完全没有想到古旧、纤弱的艺术品的各种问题，也不知道解决这些问题的答案只有一个：请勿触摸。某天，我阻止了一个初中生，不让他爬上一座古代维纳斯雕塑的大腿，他向我道歉，并若有所思地环顾四周。他一边扫视着一个放满了缺头少鼻、缺腿断臂的古代雕像的战场，一边问："所有这些雕像都是在这里被损坏的吗？"

我也会注意到一些与众不同的人物。一个老年男子拄着拐杖，弓着的身体几乎与地面平行，他因为专注地观看而筋疲力尽，他的妻子低头在他耳边低语。在长长的几分钟时间里，她详细地向他描述一些中世纪的圣物箱，而他本人则因为精力不足而无法观看这些展品。讲解结束之后，她帮助他站直身体，接着缓缓离开。

在美国展厅的喷泉旁边，一位母亲递给她的孩子两个硬币，她说："一个愿望为了你自己，另一个同样好的愿望为了另一个人。"我过去从来没有听到过这种话，而且立刻知道，有一天我会对自己的孩子们说同样的话。

两位白发老妇人穿着完全相同的衣服。通过仔细观察，我发现她们是同卵双生姐妹。通过更加仔细的观察，我发现她们其中一个打了一个细绳领结，而另一个没有。

有时候，当发生了一件神秘的事情时，我会在一分钟或者更长时间里看这样的一个人。突如其来地，这位参观者会转身向我走来，问我一个问题。

一天下午，我站在中世纪早期展厅里，观察一位看上去十分高兴但同时目瞪口呆的男子。他正死死地盯着杜乔的《圣母和圣婴》，看着圣母面纱上美丽的褶皱，它们的韵律，它们的娇美。他转向了我。"这些图画……"他说，看着那幅小小的杰作，"它们是……"他停了下来。"它们是……"他甚至无法确定自己心中是否有一种想法。"它们是……在岩洞里……被发现的吗?"

这是一位中年男子,穿得很体面,而且正像他所展示的那样,是一位虔诚的基督教徒。他完全不知道竟然有如此古老的基督教画作遗留至今。他无法相信,这幅700年的古画看上去竟然如此鲜艳。我对他解释,说画家在作画时用的颜料中掺入了鸡蛋黄和碾碎了的蔬菜、虫类和石头,这更加让他觉得匪夷所思。他觉得这一切令人眩晕。"那么,它……是在岩洞里被发现的吗?"

"嗯,不是的。"我说。这些画作是由一个人交给另一个人,一个牧师交给另一个牧师,一个僧侣交给另一个僧侣,卖家交给买家,以及通过其他方式,如此这般地一代代传下来的,直到它们安全地变成了博物馆的馆藏。

"它们是由……牧师创作的吗?"他问。

我告诉他不是的。它们中的大多数是由技艺精湛的艺术家和他们同样技艺精湛的助手们创作的,是由富有的赞助人或者某个教堂委托创作的。他们必须以中世纪的耐心,将颜料碾碎并煮制,将黄金捶打为金箔,切开木料画板并进行预加工,设计画面并使其平衡,然后用素描画描出轮廓,接着小心地涂上颜料,有计划地一笔又一笔、一层又一层、一天又一天地进行创作。

"为什么画上的人看上去是那个样子?"他接着问,意思是他们看上去有点奇怪。

我说："这是一个很好的问题。"（我必须一边回答一边思索，接着做了长篇解释。）"是这样的，在很长一段时间里，艺术家们对于他们笔下人物的形象是否像照片那样真实并不很在意。其中一个原因是，他们从来没有见过照片，做梦也没想到会有这样的事物存在。另外一个原因是，他们画的通常是天使与圣人这类存在，而这些都能够通过几乎如同符号一样的优美设计捕捉到。但是，说到杜乔的这幅画，它的创作年代是文艺复兴初期。这时的人们开始对人特别感兴趣：他们看上去是什么样子，他们在想些什么，他们可能有什么样的成就，他们的生活与梦想是什么。这是当时的新事物，因为过去有一种倾向，即将人类视为有罪的、堕落的存在，在人世的旅程只是走向来世之前在地球上的短暂驻足。"

"因此，文艺复兴时代的艺术家们必须找出创作的新方法。实际上就是观察事物的新方法，也就是理解可视世界的新方法，事物的表面、野花、我们的身体、我们的脸庞。但绘画同时也是表达他们对于神圣的和谐与等级的信仰的方式，令人吃惊的是，他们成功了。他们学会了平衡事物，让瞬间与永恒以和谐的方式共存，它影响了你我今天观察事物的方式。这一点受到了世代艺术家的影响。我们现在看到的，是这一漫长征途的第一步，是比较粗糙的第一步，但我认为这一步非常清新，非常优美。"

在我不算精妙的解释中，那人一直在如饥似渴地听着。这种人很少见，他不假装自己懂得多少知识，也不担心露丑，他完全敞开了自己心灵的大门，欢迎一大堆崭新的想法蜂拥而入。我赞美这种开放，超过了整整一天中对于任何其他事物的赞美。那人道谢之后离去，从此以后，我养成了寻找像他这样的人的习惯。

他是一个倾听者，有些人是倾诉者，还有一些人是出声的思考者。曾有一位女子，她极为缓慢地向我倾诉，带着如此强烈的努力、关切与认真，让我几乎不敢移动，生怕打断了这一过程。

"这些有天赋的艺术家们……"她说，抬头看着那幅题为《安第斯山之心》的巨型风景画，"你可以看到他们画得何等优美……你可以看到这些人在这方面的能力多么强……而你看到的这些东西会一直和你在一起，长达几个月、几年……你会时时追忆……它会让你回到一个可以放松的地方……这真令人吃惊……他们不是看着照片画的。他们只是看着……画着……"

我告诉她，还有另一幅美国风景画，名为《牛轭湖》，于是她说："我去看看那幅画。"

与和衣冠楚楚、更忙碌的人说话相比，人们和保安说话的方式有所不同。如果他们喜欢某个展览，他们会在展厅中缓缓走过，心中暗自思量，是否我们曾经在一生中见过任何如此美丽的事物。如果他们认为某件展品是装腔作势的废物，他们向我们扫过的一瞥会带有这样的意味：除了你我，人人都上了这种东西的当。我认为，这是隐藏在制服中的某种东西，是一种不那么庄重的绅士风度，它似乎对上流社会和劳苦大众都有同情心。但我们并不需要这种东西。我敢肯定，如果我们在西服翻领上缀着"问我任何问题都行！"的粗俗纽扣，那些游客就会轻视我们。但博物馆的保安们是那种纽扣的对立面。很显然，我们对安静甘之如饴。但我们也完全不怕被人打扰。

然而，人们非常善于阅读我们的内心：每当我思绪重重的时候，他们基本上都不会来干扰我。后来，我的表情必定带有某种开放和愿意与人交流的意味，因为越来越多的人会说出一句我们经常听到的话，"让我们问问这个人"，然后向我走来。我特别喜欢那些感到困惑的人向我提问。我喜欢感到困惑的人。我认为，如果他们在大都会艺术博物馆中感到惶惑，这是正确的；如果那些受教育程度较高的人对他们看到的东西安之若素，那是错误的。事实上，心怀困惑的人是因为令人震惊的事物而感到震撼，因为一幅毕加索的画作就在眼前，近在咫尺，因为有人把一座远在埃及的神庙运到了纽约。我不仅学会了如何控制自己，不产生自命不凡的冲动，而且认为这种冲动愚不可及、荒谬可笑。关于这个世界以及它的美好，我们中任何人都没有非常深刻的理解。我确实知道米开朗琪罗的生卒日期，但请想象一下，如果我置身于他的工作室，置身于波斯微型画画家的工作室，置身于纳瓦霍篮编织者的工坊，或者置身于诸如此类的其他神奇地点，我将会感到自己何等无知。即使那些艺术家本人，也无法坚定地把握那些经常非常庞大而且难以理解的主题。他们也会在大都会艺术博物馆中感到困惑不解。

每到圣诞节前后，博物馆都会游人爆满。从感恩节到元旦之间的这段时间，这座城市与其中的一切都让人感觉到圣诞节的气氛，对游客们来说尤其如此，他们就像在洛克菲勒中心的溜冰者一样，在展馆中穿梭观看。因为这已经是我在这里工作的第三个圣诞节假期，我已经能够让自己与这些人群的特殊结构合拍：他们中有前来观光的度假者、与成年的子女和孙辈一起在这座城市中欢度圣诞节的年长父母、回家与妈妈一起度假的他乡纽约人（"我们现在住在斯科茨代尔，但我是在布鲁克林出生、长大的"）。这是观察各种人的大好机会。

我正在一个摄影展中执勤，照片的创作者是三位美国人：阿尔弗雷德·施蒂格利茨、爱德华·斯泰肯、保罗·斯特兰德，他们在20世纪初期留下了大量作品。我注意到的第一件事是，这些作品中有这么多东西看上去如此熟悉。斯特兰德拍摄了大雪覆盖着的中央公园，它与我下地铁后走在路上时看到的景色非常相似。斯泰肯为熨斗大厦[1]拍摄了一张写真照，它是我的老朋友，因为我们过去从

1　熨斗大厦，纽约第一座摩天大楼。

医院去麦迪逊广场时会路过它身旁，有时还会在广场的什么地方吃午饭。施蒂格利茨拍摄了由纽约的高楼大厦与低矮房屋组成的城市景观，看到它们，会让我感慨一句："没错，纽约看上去确实是这个样子。"在其中最好的一些照片中，我会感觉到取景器后的眼睛中的兴奋之情，还有正在从化学药水中"取出"这些神奇形象的手上的渴望。

从这里走过两个展厅，那里有施蒂格利茨为画家乔治亚·欧姬芙拍摄的许多照片，后者是他的搭档，后来成为他的妻子。它们不是肖像，也不是快照。我认为它们会被称为习作，是一系列向人们展现她更美好的一面的作品：她的手，她的脚，她的躯干，她的胸部，她的脸，又是她的脸，又一张她的脸。她的美丽震慑人心，但这一系列照片主要让我生动地感受了人的外貌，我们何等具体、何等特殊的结构，我们可以如何通过举止与手势互相交流，以及在别人眼中，我们是如何以线条、颜色、光亮、色调出现的。在这些照片中，欧姬芙看上去既像一头没有毛发的灵长目动物，也像一位简朴的女神，而且事实确实如此，对不对？人类这个物种的神秘让我动容。

视线离开这些照片，我环顾房间，然后因为看到的东西而差点儿笑出声来。在这里，在很近的距离之内，几十个来自世界各地的活生生的人站在一起，他们中每个人似乎都没注意到身边的活人，而是死死地盯着挂在墙上的照片中那些没有颜色、一动不动的人物。似乎大家对于真实的人早已司空见惯。我们在任何时候都能看到他们。只需要短短的几个瞬间，身边的陌生人就会永远离开我们的生活，我们为什么要关注他们呢？乔治亚·欧姬芙在这里作为一件艺术品，有着其他人缺少的优点——她是静止不动的，她是永恒的。她周围有一个画框，把她神圣的（"sacred"，这个英语词的一个较早的意思是"分开"）美丽与污秽的俗世分开。我认为，我们有时候需要得到允许才能停下来赞美，而一件艺术品能够让我们获得这样的许可。

在离我几步之外的地方，一位游客正在将一台照相机举到眼睛前面拍照，拍摄对象是一张欧姬芙不眨眼睛的面部的照片。就在这样一个时刻，一个让人觉得自己正在见证某个超现实主义事件的时刻，我却又一次明白了它为什么会出现。在那台照相机后面，那位男子觉得他能够更加准确地把握真实，因为一些事情将会在我们面前匆匆过去，我们知道，完全体验这些事情是非常困难的。可以说，我们想要拥有，想要把某种东西放进衣袋里带走。只不过，如果我们无法把任何无比美丽的东西放进自己的衣袋，除了我们能够看到或者经历的东西的非常微小的一部分，那又该怎么办呢？

就在这样想的时候，我突然觉得，房间里的陌生人似乎变得格外美丽。他们的脸很好看，他们的步伐很流畅，他们善于表达自己的感情，他们的眉毛在跳动。女子长得很像自己的母亲年轻的时候，男子的样子会与自己未来的儿子相似。他们有老有少，有的血气方刚，有的垂垂老矣，但从任何方面来说，他们都是真实的。我努力地把自己的眼睛当作一种研究工具，让它作为一支铅笔，在我头脑中的速写本上画图。我在这方面的技艺还有待提高，也就是说，我能够做得更好。人们的穿着方式各有不同，携带重物的方式也不同，他们中有的牵着自己的男朋友或者女朋友的手，有的不和他或者她牵手。他们梳理头发与修剪胡须的方式各有千秋，他们有的与我对视，有的躲开我的视线，从脸上或者姿势、步态中流露出高兴、不耐烦、无聊或者心不在焉。我努力寻找自己看到的所有这些情况中的意义，但发现，在大多数时候，我无法通过我看到的东西得出确定的含义，我无法用语言表达它们，我喜欢的，正是在这样的场景中转瞬即逝的灵光。

　　一天工作结束，我在第 86 街搭乘地铁，并以满怀同感之心审视着与我同车的旅伴。在典型的一天里，我很容易一眼瞥见陌生的人们，并且忘记有关他们的最基本的事情，那就是：他们也和我一样真实；他们曾取得成功，也曾遭遇痛苦；他们也和我一样参与了生活，而生活是艰难、丰富而又短暂的。我还记得自己到医院探访汤姆后搭乘地铁的经历。有人会表现得很下作，如果有人因为别人撞到自己而大打出手，你会觉得，他们居然如此粗俗地对他人视而不见，这简直令人难以置信，但我们大家有时候会禁不住想这样干。今天我的运气不错。我可以饱含深情地看着那些陌生人疲惫的、心事重重的面孔。

经过半个小时的运行加上在联合广场的一次转车，我乘坐的地铁穿过了曼哈顿桥，高速驶入布鲁克林。现在，我开始想到我即将在家中见到的人，心头充满了更深切的爱意。

ALL

THE

BEAUTY

IN

THE

WORLD

七　　　　修　道　院

为我哥哥举行葬礼的那天本应该是我举行婚礼的日子。我们预订了礼堂，订好了乐队，在举行婚礼这一白色大事件之前的几个星期，我们甚至前往市政厅领了结婚证。汤姆和克丽丝塔本应该在那天作为我们的证婚人，但在最后时刻，电话来了，汤姆的身体实在太虚弱了。如果我们换一种方式，到皇后区的政府办公室举行婚礼，他能来吗？汤姆还是太虚弱了。这天是 6 月 3 日。他于 6 月 22 日去世。

我与塔拉·洛尔的第一次约会是在大约 16 个月前的情人节。这个时间选择有点巧合，让我们双方都有点尴尬，所以，作为补偿，我们在一家叫作大尼克的小餐馆吃了一顿。在隔间里，塔拉的手机响了，她接了电话。"萨拉！"塔拉说，她的布鲁克林口音突然出现，如同维拉萨诺大桥下港口的水流一样自然流淌。"你回湾脊区了？听着，我见到你母亲了。我昨天看到你母亲了。"我觉得我真的不了解这个女孩，在这之前，我一直觉得她说话没什么口音。这很好。这让人觉得很惊喜。

一个月前，我们在除夕夜的舞会上第一次见面。情人节后不久，我在上城区她的住处过夜。哦，那是我们早期相处的日子，当时我乘坐 A 路地铁，在曼哈顿的最后一站下车，感到呼吸急促，莫非那里的空气真的要稀薄一些？我走上楼梯，来到她位于四层的公寓，敲了门，然后走进了可能是这座城市中最为隐秘的地点。塔拉在清晨起床，准备上班。她是布朗克斯区一所学校里的老师。我半睡半醒地看着她，她就这样穿上了自己的衣服，背上了塞得实在太满的背包，然后在床边，像王子吻睡美人那样吻了我，接着便将我独自一人留在这所小公寓里。

从她住的地方出来一拐弯，是一片森林覆盖的山岭，俯瞰着修道院博物馆。如前所述，所谓修道院博物馆是大都会艺术博物馆的分馆，位于曼哈顿西北角最顶端。在另一次最早期的约会中，我们沿着这座山坡攀爬，然后，当走向这座如幻似真的博物馆时，我们一边喘息，一边说出了每个人在这时都必定会说的一句话："你能相信我们仍然在纽约吗？"当从森林中走出时，我们一眼便看到了按照 13 世纪的修道院的规格用风化的灰色石头建造的那座建筑物。然后，我们沿着修道院蜿蜒的阶梯向上爬去，在我的记忆中，那里是用火把照明的。我们一起捐赠了当时感觉相当慷慨的 10 美元，然后走进了博物馆的第一座中世纪圣殿。

这是一座用沉重的石块建造的 12 世纪法式教堂。教堂不大，只有很少的小装饰，带有一种忧郁的优雅。塔拉中学是在一所天主教学校读的，她出生于布鲁克林，是意大利人的后裔，她认为这间教堂胜过第82街的圣安塞尔姆教堂，这让我笑了起来。她拉着我的手走上圣坛，指给我看神龛应该在的地方，同时翻着白眼，以怀旧的口吻轻松地说到了她畏惧上帝的那些年月。显然，她缺乏我那种在面对有关教堂的事物时本能的安然。但我们都觉得这里很迷人。回音室里美丽的忧郁感很适合我们，但我们太幸福了，顾不上忧郁。

我过去曾经来过修道院博物馆，但不知怎的，我不知道"修道院"这个词的准确定义是什么。我猜测，那是一间很小的斗室，里面有一位离群索居进行祈祷的修士。事实上，所谓的修道院是开放式的修道中心，它与更广阔的世界隔绝，但没有与日月星辰隔绝。我们到访的第一座修道院来自12世纪的加泰罗尼亚，是一座鲜花盛开的花园，里面栽种着果树，树上满是鸣禽，通往中央的多条道路汇聚于一点，那里是一个中心喷泉，周围是用粉红色大理石建造的柱廊。修士们会走过这座花园，前往餐厅或者宿舍。或者，他们也会卷起袖子，抓起铁锹，照看这座与世隔绝的花园，这是他们的小小创造。

当我和塔拉走过光滑的人行道时，她在悄悄地进行踢踏舞步练习，这是她的习惯。我手指着一些花朵告诉她，过去，我在芝加哥郊区参加童子军训练时会挨家挨户出售郁金香球茎。她觉得这很好笑。在一株沙果树下，她描述了自己的成长过程：她还有两个兄弟姐妹，他们一起在一个位于三层的有两间卧室的公寓中长大。她来自阿布鲁佐的祖母住在一层，她的曾祖母就住在他们楼下，在他们那个灌木丛生的小小院子里有一株无花果树。

她领着我走进了邻近的一间议事堂（修士们集会的地方），我们坐在板凳上，塔拉身高 1 米 78，凳子太矮了点儿。我们从这里可以向外看到花园，同时感觉自己藏身于一个阴凉的地方，会议室的天花板是肋骨拱顶网状结构，看上去好像巨型乌贼的触须。我们一起享受休息的机会，塔拉告诉我，她和她的朋友们过去"总是"经常在议事堂里流连忘返。现在轮到我感到吃惊了。

"你是说读高中的时候？那时候你还没有搬到斯塔腾岛去吗？"

她已经搬过去了。但她上的是一家位于曼哈顿的精英公立中学，所以，她必须每天早上坐公共汽车搭乘斯塔腾岛渡轮，然后坐地铁到学校，这是一段两个小时的路程。这让她习惯于在纽约市内长途奔波，所以，她和那些也住在郊外的朋友们在市中心集合，然后乘坐 A 路地铁来到这里，她们对此都感到无所谓。

"为什么一定要来这里？"我追问。

"我们是诗人，"她笑着说，"或者说我们觉得自己是诗人。我们感觉这里就像天涯海角，好像是一个秘密地点。我就在这里庆祝了自己的 15 岁生日。我穿了一件黑色的蕾丝连衣裙，好像我们什么都没干，就是懒洋洋地坐在这些板凳上说话。"

我们为这些似乎是很久以前的回忆发笑，尽管我们那时只有 23 岁。

我们走过下面的几个展馆，没有停下来。如果我是自己来的，我会停下来欣赏梅洛德祭坛画，研究伯里·圣埃德蒙兹的十字架。但塔拉不是一位"艺术爱好者"，不完全是，而且还需要考虑更加不容忽视的美丽。我们在到达第二个修道院时停了下来，那里的视野非常开阔。我们现在没有身处整个建筑的中心，而是来到了它的边缘，俯瞰着冲刷着帕利塞兹的哈德孙河。我有一个奇怪的感觉，就是我可以从高处看到我们，站在这个细长的岛屿最狭窄的地方，望着这条大河缓缓地流向纽约港。就像我能够看到我们正在书写的这个爱情故事的清晰、明快的轮廓。

"如果不是因为这座港口，你就不会存在了。"我提醒塔拉。（她的父亲是一位海员，当他的船停泊在布鲁克林海军船坞时遇到了她的母亲。）这种说法实在太真实了，简直令人觉得不可思议。第二天，我们将在地下穿过整个曼哈顿岛，横跨东河海峡，去她的祖母家吃周日晚餐，我们觉得这简直是个奇迹。而下个周末，我们将前往皇后区，拜访汤姆与克丽丝塔，他们是爱情王国的前辈。

我们在草药园里兜了一圈，无论是石碱草、苦艾还是苦薄荷，这些让人联想到"巫婆"的植物名都能让我们发笑。然后我们离开修道院，走下山坡。

8个月后，我们在汤姆的医院病房里宣布我们订婚的消息，让这间病房瞬间变成了欢乐的修道院。我们悄悄地带了些啤酒进来，大家用塑料杯子干杯庆祝。汤姆因为惊喜而显得容光焕发。

此后只不过4个月，塔拉和我轮流在他的病床前守夜，在他睡着的时候关掉声音看电视。

在这样的一个夜晚，克丽丝塔、米娅、塔拉和我在照看汤姆。已经很晚了。他现在很少有清醒的时候。但他突然抬起头来，希望吃一顿麦当劳麦乐鸡块。我急急忙忙地冲进夜色笼罩下的曼哈顿，带回了一大堆蘸料和炸鸡，这可能是我有生以来最幸福的时光。我们围着他的病床开了一次"野餐会"，这是一个充满爱意、伤感和欢笑的小团体，每个人都用自己知道的最好的方式陪着汤姆。

回顾过去，让我想起了彼得·勃鲁盖尔的伟大作品《收割者》。在那幅画作中，在广阔、深邃的背景下，几位农民正在吃午饭。景色中央是一座教堂，后面是港口，金绿色的原野一直延伸到远处的地平线。画面上距离观察者更近的地方，男人们用镰刀收割庄稼，一位妇女弯腰捆扎谷物。在前景最近的角落里，9位幽默风趣、富有同情心的农民暂时停下了工作，坐在一棵梨树下吃饭。

看着勃鲁盖尔的这幅杰作，我有时会想：这幅油画实际上描绘了世界上最司空见惯的情景。大多数人都是农民，生活大多是艰辛的劳动，其间夹杂着休息、他人的快乐。彼得·勃鲁盖尔对于这一幕必定非常熟悉，几乎不会留意。但他确实留意了。而且，他把这一小撮神圣的、不起眼的人放到了他那个宏伟、广阔的世界的前台。

有时候我无法肯定哪一点更令人瞩目：是造就了伟大画作的生活，还是描绘了生活的伟大画作。

ALL

THE

BEAUTY

IN

THE

WORLD

八　　　哨　　　兵

在做这份工作的第四年，一天早上，走进博物馆时，我看到了零零落落的一排新手保安，他们正在一摞摞空着的艺术品板条箱旁等待。我到得有点晚，所以急急忙忙地从他们身边跑过，进了分派办公室，鲍勃在那里费劲地寻找写着我的名字的小牌子。"啊，这儿呢，布林利，"他最后说，"你今天负责训练新手。去，穿上制服，再到这里报到……比弗斯，A 展馆！诺维科夫，G 展馆！"我急忙穿好了套装，然后加入了那伙人数越来越多的资深保安的人堆里，他们正在冷眼旁观那批新人。我从来没有训练过任何人。

"真的？你从来没训练过新人？"麦卡弗里问我，"这种活儿我干了 20 年，我从来都只告诉他们一件事……"我们全都等着听他的惊人妙语，"去找个别的活儿干吧！"

我不再参与闲聊，而是仔细地观察那伙菜鸟。看到新人们身穿蓝色制服总是让人觉得有点怪异，但这种怪异的感觉只会持续大约一周，然后就会在看到他们身穿便服时觉得怪异了。我在想，在这批菜鸟中，哪一个会来到我的羽翼之下呢？也许是那位年纪比较大的妇女，她留着男孩式的发型，戴着别致的巴迪·霍利[1]式眼镜……或者，是那个看上去像个卡车驾驶员的大个子男人，他两臂交叉，正在独自哼唱……或者是那位刚刚冲进来的刚出大学校门的小家伙（第一天就迟到，他干不长……）。我们的头头之一从指挥中心走了出来，我的沉思结束了。"好的，"他看着手上的剪贴板说，"那我们现在就开始。斯米蒂，你带这位库珀女士。卡拉季女士，你负责戈德曼先生。卡拉布雷泽先生，去找埃斯皮诺萨先生。布林利先生——你跑到哪里去了？哦对了，你去训练奥卡克波萨先生。"一位年近60岁、花白头发、戴着方框眼镜的男子看着我。他走上前来，礼貌地与我握手，他给我的第一印象是，这是一个属于更庄重的一代的男子，很可能是个冷冰冰的人。但几乎立刻，他变得温柔了，以好奇的目光看着我的眼睛，用可爱的西非口音说："我叫约瑟夫，请问我今天的老师尊姓大名？"

我很高兴能扮演老师的角色。我们开始一起巡逻，我指给他看写有最新的工会选举结果的公示牌、我们很少有人用的电动皮鞋上光器，还有一大堆清楚地标明"免费泡沫塑料板"的多余的泡沫塑料板。一台装载着古埃及小雕像的手推车呼隆呼隆地走过，我们站到一边为它让路，然后我带着他走向通往一扇金属门的后台楼梯，

1　巴迪·霍利（1936—1959），本名查尔斯·哈丁·霍利，与猫王埃尔维斯·普雷斯利同时代的美国摇滚歌手、作曲家。

门上写着：慢慢打开。楼梯是完全不带装饰的混凝土结构，惨淡的荧光照明灯，角落里有一只空的咖啡杯。在我的鼓励下，约瑟夫（慢慢地）打开了那扇门，然后我们大步走进了他的主展厅，美国展厅。

我们站在一座用玻璃围起来的雕塑庭院里，一侧是一个两层的希腊神庙似的建筑的正面。"在培训课上，他们跟你说过这个建筑物的正面没有？"我问。"它过去是华尔街的一家银行，建于19世纪20年代，100年后被拆掉，在这里重建。你对华尔街了解多少？"我讲得很快，很激动，真的进入了教师的角色。我告诉他，这条街道在殖民时期正是由于这堵墙而得名。我也说到了在武力胁迫下修筑了这堵墙的非裔劳工，还有利用这堵墙阻挡英格兰人和德拉瓦族土著的荷兰殖民者。约瑟夫是一位耐心、专注、热忱的学生，但他最后抑制不住地低声笑了起来，打断了我的话。"我没对你说实话，"他向我道歉，"我很了解华尔街。我在那里工作了许多年。"

就这样，我们拼好了一个引人入胜的拼图的头几块拼板。他告诉我他来自多哥，用他的话说，多哥与加纳之间的关系，相当于"新泽西与纽约之间的关系"；他说他在那里的银行工作；由于一些戏剧性的事件，他来到了纽约的华尔街；接着，由于一些他未加说明的曲折经历，他来到这里，和我站在一起，看着这堵墙。他不愿意详细叙说这个故事中一些具体的地方，只是耸耸肩，表示无可奉告。

　　通常，G 展馆主管在楼上的美国画作展厅里办公，但那里因为大整修而关闭了。所以我们没上楼，而是走进了一间用于私下交流的餐饮厨房，特别是大都会艺术博物馆的慈善舞会，我建议约瑟夫不要在执勤申请表上签名。（"我签过一次。结果他们把我派到远离活动中心的地方执勤，弄得我什么都没看到。"）我们的同事正在等主管，他们热情地伸手与约瑟夫握手、打招呼。我不记得我第一天开始时是否受到过这种待遇，但一般而言，谁都不认为一个 25 岁的人会在这里干很久。年纪较大的新手更有可能在博物馆里发挥长处，并且长期工作。我们从主管那里了解到了今天的分派地点，我发现我们的岗位是美国时期展厅，保安们称其为"旧展厅"。

　　我们登上一台玻璃电梯，走进修建于 20 世纪 20 年代的美国展厅最初的核心部分。（看着庭院中的雕像变得越来越小，约瑟夫发表了正确评论：孩子们必定很喜欢坐这样的电梯。）我们走出电梯，踏上了吱嘎作响的木地板。"很软，"我告诉他，"踩上去不伤脚。"然后我们转了一个弯，进入了一个以 17 世纪马萨诸塞州的老船教堂会议室为蓝本布置的房间。约瑟夫被美丽的粗大木椽深深地吸引了，它们的结构是船舶修建者智慧的结晶。他告诉我，他是一流的历史迷，热衷于阅读比尔·奥雷利和霍华德·津恩的著作。我们走过了整个房间，它如同许多历史性的地方一样，不像你想象得那么大。我告诉约瑟夫，塞勒姆审巫案就发生在一间类似的会议室里。坐在最后一排的农夫或许就曾直视被定罪的妇女的眼睛。

过了一小会儿，我们钻进了（对于约瑟夫来说的确如此）天花板很低的哈特屋，它也来自17世纪的马萨诸塞州，当时，博物馆采取了外科手术式的行动，将其从一所即将被拆迁的房子里拯救出来。

"这里住的是穷人？"看着这间黑暗、阴森但很迷人的房间，约瑟夫问我。

"富人，"我说，"或者说非常富有的人。"我指着那些小小的铅玻璃窗说，这在当时是奢侈品。

"那天花板怎么这么矮？"约瑟夫问。他笑着发现，身高1米73的我只能在庞大的横梁下勉强通过。

"那时的人矮，"我说，"他们吃的东西和你我不同。"

我发现这里的环境不次于任何别的地方，可以详细地谈论我们工作上的一些精细之处，而且我觉得自己正在从阿达那里剽窃一些说法。我会说到一些金玉良言，比如"你必须提醒人们别做傻事"。我也把自己的智慧拿出来分享，例如，在指路的时候，我们应该避免说"沿着大厅"[1]这样的词组，因为它可能会让英语水平不高的人

---

1 "沿着大厅"的英文原文是 down the hall，这就可能让英语水平不太高的人觉得是去较低的一层楼。

去寻找下楼的楼梯。约瑟夫偶尔会用他考虑得很好的问题打断我，我对于我能够回答每一个这样的问题深感自豪。我使用了各种行话，比如"岗位""轮换""你的替班者""指挥中心""分派""第三班"等，他似乎对此印象很深。

上午11点，我培训时的同班老同学特伦斯让我们轮换到了下一个岗位。特伦斯总算从修道院分馆转了回来，现在主要待在美国展厅。我与这两位亲切和蔼的男同胞黏在一起聊天，我们聊起了许多话题，如多哥、圭亚那、商店、家庭等，这时我觉得有一种快乐的冲动，似乎有什么东西突然涌出。我们将成为一个三人小组，彼此是对方在大都会艺术博物馆里最要好的朋友。

我和约瑟夫走下一截楼梯，来到旧展厅的另一个很小的楼层——2A。在这里，我们会发现自己站在一间弗吉尼亚州的酒馆里，乔治·华盛顿曾在这里庆祝他的最后一个生日。关于华盛顿，有很多新东西可以告诉约瑟夫。吉尔伯特·斯图尔特为华盛顿总统创作的著名肖像就挂在这间展厅里，约瑟夫会看到好多手拿美元钞票的游客，他们斜眼看着肖像进行比较。接着他们就会转向他，问他在哪里可以看到《华盛顿横渡特拉华河》这幅画作（偶尔也会有人说成横渡波托马克河或者哈德孙河）；但他只能做出令他们失望的回答，因为考虑到这幅画作与广告牌相仿的尺寸，博物馆无法在翻修期间挪动它，所以这时候无法展出。我告诉他注意美国展厅的一个有趣的特点：这里有许多戴着白色假发的男子的肖像，而它们中任何一幅都迟早会被人误认为是乔治·华盛顿的肖像。

这间酒馆也小于你心目中的那间酒馆的大小，里面布置着精致的桃花心木家具，它们深红色的木质如同燃烧的火一样。我们走到一把齐彭戴尔式的椅子跟前，这时我想起了特伦斯告诉我的一件事。桃花心木是从加勒比海地区获得的，很可能是在伯利兹城，当然是由奴隶砍伐的。他告诉我，他本人很可能是被带到加勒比海地区的最后一批非洲人中的某一个的后裔。他是怎么知道的？因为最早的几代非洲人通常不被允许成家；他们被奴役劳动至死，然后被其他通过中央航线带来的非洲人取代。当时，他一边告诉我这件事，一边弯腰再次核对我们一直在研究的这把椅子的年代，它是一件英格兰风格的椅子的仿品，没有什么创新。"1760 年？哦，不是的，伙计，"他严肃地说，"这可不怎么好……"

现在我已经把这个故事转告给了约瑟夫，关于美国展厅几乎已不必再多说。它精致的展品讲述了一个特殊的美国故事，而看守这些展品的美国保安身上则埋藏着其他故事。

游客们大约在这时到来，约瑟夫腰板挺得笔直，和他们打招呼。这是一批法国人，这太好了，因为他可以用他们的母语与其交流。他们走进 2A 楼层，停了下来，环顾四周，小声嘟囔着，显然有些困惑，但没有提问，而是沿着原路返回。我们都笑了。我带着约瑟夫走到窗口，我们俯视美国展厅的院子，现在我和他的视线穿过了"华尔街"的立面。我感到自己很容易与我身边的这个人产生联结，热情让我情不自禁。我开始说出一些过去自己认为难以说出口的信念。我很快坦陈了我对于自己所做的事情的投入，说我愿意永远做一个保安，因为我并不需要做别的工作。保安的工作简单、直截了当，可以学到东西，而且，你可以完全按照自己愿意的方式思考。

事实上，我不仅喜欢这份工作，而且认为，如果觉得我总有一天会不喜欢这份工作的想法是一种冒犯！对这样一份平静、诚挚的工作说三道四，这很无礼，很愚蠢，甚至是一种背叛。不，我更愿意感恩，为了这些软木地板和上千年前的艺术品感恩，为了这一切我并不拥有的东西感恩，这些东西包括要出售的产品，要说出的谎言，要挖的坑，要获取的利润。约瑟夫显然觉得我的表现很有趣，他眨着眼睛看着这一切，带着年长者的优越，如同看一个毛头小伙子那样，但他有这样的想法显然很合适。我觉得，他可能会私下把这件事当成一个笑话，心中想到了他生活中经历的那些曲折与不平，正是它们，让他今天投奔这座博物馆。或许他会这样想："这孩子真的以为他知道自己的人生会变成什么样儿呢……"

"我被人刺杀过。"他后来这样告诉我，"一天下班后，我在回家的路上遭到两位枪手狙击，他们受雇于那些阴谋因我败露的家伙。我的左胳膊挨了一枪，肚子上挨了 8 枪。"他平铺直叙地说着这一切，没有特别强调"8 枪"。"承蒙上帝恩惠，没有至关重要的器官被击中。那是在 1994 年，一个星期二。星期五，我所在的银行出资，用飞机把我送到巴黎的一家医院，那里的医生帮我把肠子接好了。我在那里花了 4 个月恢复。我弄到了一张前往美国的旅游签证。一到美国我便申请避难，很快得到了批准。我在纽约的第一份工作的时薪是 4 美元 25 美分。我的第一份保安工作的时薪是 5 美元多点。幸亏我跟范德比尔特[1] 有关系，这让我能够在华尔街找到一份工作，但因为我的口音，我的肤色，所以只是一份中层经理的工作，和以前没法比。由于银行合并，我被裁员了，然后碰到了经济大衰退。我在一个治安状况不佳的地区开了个兑现支票的地方，但事实证明，干这种事，我不够狠，也不够下流。我输得一文不名，失去了我毕生的积蓄。但没关系。没关系的。"面对我脸上震惊的关切表情，他耸了耸肩，"真的没关系。我还活着，我的家人还在，我仍然正直。如果今天我碰到了暗杀我的人，我会跟他们握手。为什么不呢？没关系的。"

讲完了他的故事，约瑟大看着那些聚集在大厅里的下班的同事。"在蓝色的夹克衫下有多少故事啊。"

1　范德比尔特家族是美国一个著名的家族，其成功起自科尔内留斯·范德比尔特（1794—1877）的船运与铁路王国。

守卫艺术品是一种孤独的工作，不过也有特例，比如在大厅里工作的时候。在 C 展馆有三种岗位，我们分别称之为"桌子"、"点"和"盒子"。"桌子"是检查提包：当游客从街上走进来时，他们把私人物品放到桌子上，我们动手翻检他们的提包，我们和同伴一起检查是否有违禁品。除了明显的违禁品，还包括食物、行李、原创艺术品、乐器和可能夹带昆虫的花束。"盒子"或者"检查盒子"是我们给检查大衣处起的雅号，实际上有两个大衣检查处，即一个"北盒子"和一个"南盒子"，它们都很大，完全不像什么盒子。每一个"盒子"里都装备着 8 个发动机驱动的金属圆盘传送带，上面通常放着几百件夹克衫、海军外套、连帽衫、皮大衣和其他外衣。我们也为游客暂存背包、购物袋、篮球和摩托车头盔，总之，任何你可能不应该带进展馆的东西。

我更喜欢的工作岗位是"点"，即"检查点"，其实就是收票：游客付了门票钱之后，就会获得一枚他们访问博物馆那天特定颜色的小小的锡制徽章，我们需要确保他们在从 3 条通道之一踏入展馆时戴着这样的徽章。

不但在博物馆，在整个地球上，检查点的工作都涉及更多的人际交往。在一条特意设置得很狭窄的入口通道两边，两个相距一两米的保安面对面站立，在交谈中度过这一天。我们的谈话并非一直连续，因为我们也给游客指路，训诫不正当行为，但我们的谈话很轻松，没有任何因为视线接触造成的尴尬，也不会因为外部事件（如粗鲁的游客或者可笑的问题）点燃谈话的火苗。有趣的是，虽然这种谈话长达 8 小时，但有时参与谈话的双方都不知道对方的名字。保安团队是一支大部队，我们从来不会笨拙地伸出一只手对别人说："我见过你不知多少次了。顺便说一句，我叫帕特里克。"虽然有些保安曾经随机得到过数以百计的这种双人密谈的机会，但他们不会感到必须遵守任何特别的细节规定。

在接受了这种任务的那些日子里，我非常希望这些谈话不至于因为我的原因中断。我逐步学会了应该怎样做。我甚至比平常更加关注棒球比赛的进展，所以我每天都可以挑起诸如"桑塔纳看上去干得不错啊，对不对？"这样的话题。我谈论政治、音乐、书籍和商店，我也让自己能够有些夸张地抱怨工作中令人厌恶的事情，因为正是这些事情把我们联系在一起。所有这一切都不会真正扭曲我的个性，但它确实能够迫使我走出自己的小世界，与其他人产生共鸣。

我最拿手的谈话技巧是提出问题，这一点远远超过了其他的方面，其中最理想的是提出牵涉特别广泛的问题，它可以让对方做出长时间的回答。如果能让某人告诉我他的人生经历，我会感到很高兴，而且我发现，大部分人对于被问到这一点感到很吃惊，但是，一旦被问到了，他们就会发现自己有不少要讲的东西。我不掩饰自己的无知，会问一些类似"呃，摩尔多瓦？你能相信吗，我对摩尔多瓦一无所知"的问题。而且他们会相信这一点。保安们非常清楚，他们之间可能有很大的知识差距（这是一条被默认的规矩），而且很能容忍这种差距，因为每个人都深知，我们来自一个非常广大的世界。

有一天，娜扎宁是我的检查点搭档。她来自伊朗，而且，为了显示我对她的祖国有一定的了解，我说自己很想有一天能到德黑兰看看。"德黑兰？"她回答，然后做了个鬼脸，"可以去看看，如果你想去那里……"于是，我不再假装自己真正知道任何东西，并请她告诉我一些有关她的故乡——法尔斯省的首府设拉子的一些情况。那里是古波斯人的故乡，人称"玫瑰之城"，有着最美丽的花园和清真寺。她和她的11个兄弟姐妹一起成长，主要由她的父亲带大，而她母亲的工作是学校教师。

"这很少见吗？"我问。

"当然少见！"她回答，"我母亲过去常常抱怨，说我父亲是个'十指不沾阳春水'的懒汉。但他照顾12个孩子，让我们每个人都觉得自己是家里的独生子女，可她仍然觉得他很懒！但我还是要祝福我的母亲。她是一个非常可敬的教师，可以回国的时候，我都会去看望她。"（娜扎宁本人也是教师，她在工作之余教授法尔斯语。在这次谈话后不久，她被提升为保安主管。）

非技术性工作的好处在于，做这种工作的人具有范围极广的职业技能和背景。白领工作将有类似教育程度和兴趣的人聚集在一起，这让大多数一起工作的人有相似的天赋和想法。保安工作则没有这个问题。当大都会艺术博物馆准备招收新保安时，它会刊登一条言简意赅的广告（过去在《纽约时报》上，现在在互联网上）。中心意思是让人们"来面谈"。安保部门寻找那些有能力的人，那些会认真地对待工作的人，而且该部门知道，有大批在不同背景下成长的人能够填充这个空缺。于是，对于整个保安队伍，不仅因为其中将近一半的人员出生于美国国外，所以在人员组合方面具有多样性，而且在各方面都达到了多样化。因为没有条例规定博物馆的保安应该是生活中的哪类人，所以各种各样的人都可以承担这一职责，每个人都能按照自己的节奏工作。在《纽约客》杂志社，与我类似的人都是来自精英私立大学的毕业生，并可能在出版业有过其他经历。而据我所知，在大都会艺术博物馆，保安们过去的工作五花八门，如在孟加拉湾指挥巡防舰、开出租车、担任商业航班的飞行员、盖房子、做农民、当幼儿园教师、担任警察、做报社记者、在百货商店的人体模型上描画面部特征等。他们来自五大洲以及纽约的 5 个行政区。他们热爱艺术，或者对艺术无所谓。他们中有的眼睛明亮，有的脾气暴躁。他们有的是职业的安保工作者，有的是半路出家找的这份工作。但引人注目的是，与他们中任何一个人站在一起，都不会让你觉得有违和感。坚冰已经被打破，因为我们全都身穿同样的制服。

一天上午，我与一位名叫特洛伊的保安一起，在罗伯特·雷曼收藏室值班。罗伯特·雷曼[1]是一位投资银行家，要将他的一批艺术藏品作为遗产捐赠给博物馆，这批藏品非常珍贵，因此博物馆为此建立了一个新的展厅。而特洛伊送给博物馆的礼物正是他本人，而且这是一个相当可观的礼物。他是个人物。特洛伊生于俄克拉何马州，住在上西城的一家旅馆里，享受市政府的租金受控待遇[2]，听爵士乐唱片，修理古董家具。我多次在早上看到，特洛伊在他的储物柜旁小心地撕下伦敦《泰晤士报》的《文学增刊》。他把这些资料塞进衣袋里，以便在偶尔有时间时阅读，而不是刷智能手机。

"你好，特洛伊，"我说，"今天早上情况如何？"

他认真地看着手表。"我看到时针开始了它围绕着表盘的旅程，"他面无表情地说，"早上符合我们对宇宙的期待。"我笑了，接着他也笑了。在检查确认附近没有主管和游客之后，我们待在一起。

1　罗伯特·雷曼（1891—1969），艺术品收藏家，美国银行家，曾长期担任于 2008 年成为经济危机导火线的雷曼兄弟投资银行的总裁。

2　在纽约市，一些房屋租金的增加百分比受到政府控制，以此保护租户利益。

我们谈话的主题是每个人（不包括我们俩）何等愚蠢，但这样的愚蠢并非特别恶劣或者卑鄙，而是人们有时候就会这样……比如游客，他们会走近我们，不是问"请问，厕所在哪里？"，甚至也不说"告诉我厕所在哪儿"，而只说一个词"厕所"，好像我们是接受声音指令的机器人……又比如策展人，他们在书写说明标签时似乎认为，每个人在读标签时都会暗自期待，自己正在研究生院里阅读经过同行评议的论文……又比如高层经理，他们在任何事情上都从来不征求我们的意见，因为他们觉得整天站在博物馆里的保安会知道关于博物馆的什么事情呢……又比如那些富有的艺术品收藏家们，他们花费数以百万计美元，结果买的东西只相当于巨量公众收藏品的边角余料……说实在的，最后一条是非常令人开心的想法。

"嘿，特洛伊，"我说，"你怎么想到要做这份工作？"

"嗯，我在保险行业干了 20 年，"他告诉我，"结果有一天，我的老板让我们做一次职业适应性测试，本意是让我们找到世界上最适合自己的工作是什么（不要问我他为什么要这样做）。好吧，我看着测试题，这时便想到，你知道，我一直都想要成为一个富有的独立艺术赞助人。而我们现在做的，"他扯了扯他的蓝色制服的翻领，"就是最接近理想的工作。"

直到不久前，我都很谨慎地对待特洛伊，感到自己还没有准备好以同事之间那种不寻常的平等关系与一位伟人交谈。我的做法就是充当一个认真观察的游魂，而他则显然是完全长大了的成人，一个成熟人物。他自然而然的热情和诚恳，是对我自己设置的孤独的一种威胁。

但情况有了变化。

在这次闲谈的几个月后，我受到特洛伊的邀请，参加他的退休聚餐。受邀参加的人不多，我们吃的是摩洛哥菜。饭后我们走去地铁站时途经鲍威里街的圣马克教堂，这时特洛伊把我拉到一边。"你知道，"他告诉我，"这确实不是一份坏工作。你的脚有点儿疼，但其他地方都不疼。"

2012年春天，我们庆祝 *SW! PE Magazine* 第三次出刊。这是由大都会艺术博物馆的保安们投稿与编辑的一份有关艺术、散文和诗歌的刊物。编辑们在苏豪区的一座非营利展馆里组织了一次群展，结果我们在发布会上高高兴兴地喝得酩酊大醉，把发布会搞成了才艺表演。同事们一起演奏爵士音乐，吵吵嚷嚷地合唱"音速青年"风格的歌曲，放声高歌，表演单口相声，以"乔伊·杰西"和"迈克疯"为艺名进行说唱表演。有些节目相当不错，其他的就逊色些了；观众兴高采烈；大家一通豪饮。在晚会即将结束时，我与

SW! PE Magazine 的一位名叫艾米莉·雷马吉斯[1]的撰稿人谈话。

艾米莉多年来都是一位艺术家，不是那种作品会被大都会艺术博物馆的当代艺术展厅收藏的艺术家，也就是说，不是一位国际知名的艺术家，而是那种在任何情况下，都为了思考与创作而工作、生活的艺术家。艾米莉在曼哈顿有一处 300 平方英尺（大约 28 平方米）的公寓，还不到她在布鲁克林红钩区的工作室的一半大，她在工作室里（不合法地）待过一些夜晚。她是在 1977 年 12 岁的时候来到纽约市的，青少年时代就读于一家"坏孩子们的寄宿学校"。她从 1994 年起在大都会艺术博物馆工作，在那里用自己冷静的头脑征服了所有认识她的人。"在全职工作的同时还要继续自己的创造性生活，"她说，"要做到所有这一切，是很难夸张做作的。请不要误会我，我并不反对炫耀性艺术。我只是没有时间这么做。"

在艾米莉的创作中，我最喜欢的是她在 2011 年的员工艺术展上的参展作品。每过几年，大都会艺术博物馆就会邀请员工们参加这些不对公众开放的展览，保安们的作品在其中占比相当大。汤米的参展作品是一幅关于利比里亚内战的凄婉的画作。安德烈在旧煎锅锅底上模仿荷兰大师们的作品。主管芬利在肮脏的纽约街头拍摄了浮华广告牌的大型彩色照片。人们很难不注意到艾米莉的参展作

1　这是她的真名。——原书注

品：那是一个高度几乎达到天花板的极大的生日蛋糕，是用木头、金属丝网、泡沫塑料、绳索、瓶盖、葡萄酒软木塞、人造花朵和用来装我们干洗制服的洗衣袋做成的，她把所有这些材料都搓成了如同长辫子一样的绳子。蛋糕的最下层是一台四四方方的电视机，正在播放"笨蛋美女做哑铃弯举"的视频，是艾米莉身穿自制紧身衣练习举重的视频。蛋糕顶端有一个闪闪发光的装饰，告诉我们，这是她的 50 岁生日蛋糕。

"这是一幅自画像。"她在 *SW! PE Magazine* 的聚会上这样告诉我。她总是梳着长辫子；"那些辫子、干洗衣袋、迟到记录单（我没有注意到这个细节，但可以明显地看到，蛋糕上各处用订书机点缀着一些浅黄色的违规通知单）……这些全都是我。"

当她说到这里的时候，我看到几十位对艺术完全一窍不通的同事在翻弄着杂志、表示祝贺、大笑、享受表演、勾肩搭背，我感到自己完全就是一个骄傲的保安。我一直在制服下面藏着一个秘密的自己吗？嗯，当然了。保安确实不是什么大人物，但秘密的自己几乎无法隐藏在深蓝色的制服下面。通过一次又一次的谈话，我正在发现这一点。

哪怕是保安和游客之间很简短的交流，我也已经开始从中发现意义，我对此感到吃惊。有人提出了问题，你做了回答，对方表示

了感激，你说不客气……其中包含令人振奋的节奏，它帮助我与整个世界保持和谐。和其他许多事物一样，悲伤是一种不和谐。有人去世，它让你的生活有了一个空洞，在一段时间内，你在这个空洞中缩成一团。因为来到了大都会艺术博物馆，我看到了一个在自己的空洞中放入一座宏伟的大教堂的机会。这使我可以在一个地方流连，而这个地方似乎可以不受日常节奏的干扰。这些节奏找到了我，它们极具吸引力，很诱人。事实证明，我并不想永远静悄悄地一人独处。一旦发现了与他人相处的诀窍，我感觉到，我好像发现了自己会长成一个什么样的人。我在生活中面对的大部分大挑战，同时也是我在与别人的日常交往中面对的小挑战。尝试让自己更有耐心，尝试变得更加友善，尝试享受他人的特质，同时更好地利用自己的特质。即使在一成不变的场合，也要尝试表现得慷慨，至少通情达理。

　　夏日的一天，我在检查点执勤。当时我的右边是兰迪，左边是耶塔，我们三个身体前倾，手撑着头聊天，眼睛盯着没有游客的地方。第一位游客来了。兰迪起身，接过那位女青年的斯特兰德牌手提包，以他标准的纽约口音从容地问道："你好！请问这包里装着的是什么呀，小姐？"他的声音是淳厚的男中音。"嘿，是《纽约时报》！不错啊，年轻的女士。这是一份好报纸！"他把包放在头顶上，突如其来地冒出了他的一句口头禅："嘿，又过了一天，又得了一美元。"

第二位游客来了。这次起身的是耶塔，但她仍然继续跟我谈论去阿尔巴尼亚的机票。看着她接过那位男子的自行车头盔但对那人视若无睹，而我毕竟来自中西部，因此知道，在美国的大部分地区，人们认为她的这种做法很粗鲁。我也在纽约生活了很久，所以也知道，这里的道德标准有所不同，工作人员在具体操作上有比较大的自由度。那位男子接到寄存号码后向她道谢，这时她友好地向他眨了眨眼睛。

最后是第三位游客。我直起身来，很清楚地知道我想要做哪种检查点保安。事实上，就像我现在知道自己是什么样的保安一样。然后就到了休息时间。兰迪挥手让我去休息，我出去了，走到宽阔的石头台阶上吃午饭。如果是在第五大道上，那里阳光照耀，高耸的公寓大楼闪着光，演奏杜沃普风格音乐的歌手递上帽子，出租车如同蒲公英的败絮一样掠过，在台阶上吃午饭看上去就有些滑稽了。所以，我在热狗小贩那里买了个涂着芥末酱的法兰克福热狗（他卖给保安时只收一美元），然后和一群外乡游客坐在一起，感觉自己确实属于这里。在台阶上坐下之后，我解开了制服扣子，松开了带夹子的领带，觉得眼前真的风景如画，简直就像以鸟儿的视角从高空俯瞰时能看到自己一样。在这座伟大的都市的核心，在一座伟大的博物馆的台阶上坐着一位小小的保安……我确实很渺小，但不再是隐身的了……我坐得很舒服，我的制服很合身。

我从涤纶衣服口袋里取出一个小记事本，在上面随便写了几句我心头涌现的豪言壮语。过去，我在大多数情况下都只是像一只隐形的眼睛，被动地观察着大都会艺术博物馆及其藏品，而现在，我觉得自己可以采取新的做法。我可以长时间地汲取艺术的精华，但如果我积极地与艺术角力，尝试动员我方方面面的经历来回答由此产生的问题，那会发生什么？我似乎觉得，对于任何一个走进一座艺术博物馆的人，这都是一个值得完成的使命。在平心静气地欣赏了艺术之后，我们将会希望再一次开始，让自己再次投入，用这种方式学到更多的东西。

ALL

THE

BEAUTY

IN

THE

WORLD

九　　　青年雕像

星期天早上，我被派到古希腊与罗马展厅，这时我最先想到的是我的脚。在每天 12 个小时、连续工作 2 天之后，我早上在来上班的地铁里未能找到座位，而现在，我又被派到了一个连一点点地毯都没铺的展馆，抬眼望去，只能看到冷冰冰的大块大理石，这对于一个保安来说真够受的。我被分配到古希腊主队。我要做的第一个工作，就是解开缠在沉重的铁柱上的长编织绳，再把它们捆成一团，推到古希腊花瓶后面放好。我把这些铁柱插到已经在地板上磨损了的生了锈的环中，同时在想，这些铁柱本身不知该有多么古老。按照类似的思路，我可以在附近的一段白色墙壁上看到浅蓝色的、如同云朵般的痕迹。这就是所谓的保安痕迹，是数以百计身穿廉价聚酯纤维制服的保安们在脚疼靠在墙上休息时留下的。

我把自己的肩膀靠在那些痕迹上，看着周围。我被指定的岗位在一个非常明亮、天花板非常高的展馆，里面放满了来自古风时代的艺术品，这个过渡时期大约在荷马以后 150 年，苏格拉底之前 150 年。从面向东方的位置很高的窗户向外望去，我能够看到人行道上的商贩，他们摆好了自己的商品，让它们靠着杰奎琳·肯尼迪的祖父建造的一座公寓塔楼。这种场景很有纽约特色，似乎与展馆中陈列的这尊明星雕像很搭配，雕像的名字就是"纽约青年雕塑"——这是一个传统的名字，让它与其他著名的青年雕像有所不同，但出于一些原因，我对这尊雕像情有独钟。听到这个名字会让人感到，这位纤瘦的雅典青年离开了自己古老的祖国，在纽约的希腊人集聚区阿斯托里亚租了一所公寓（他毕竟是个希腊人），并且像我们这些人一样，乘坐地铁通勤，前往大都会艺术博物馆上班。我觉得这尊青年雕像很亲切，因为和我一样，它也是迁居而来的，因为它也日复一日地站在博物馆里。

我推开警戒标志，挺直身体站着，尽量靠近这位赤裸着的希腊人，他的两条腿前后分开站立，颇有古埃及法老的风度。但这位青年男子不是法老，不是国王，更不是神祇。而且，与在他以前的许多艺术品不同，人们并非出于任何魔法目的而创造了他。这尊青年雕像是一座墓碑，仅仅表明"这是一个凡人"，直到它被安置在特定的某人的遗体上面。

我看向这尊青年雕像的右侧，在不经意间发现了一个奇妙的双耳罐（或者说储物罐），它是在公元前6世纪的一个陶工轮上成形的，经过上釉与煅烧。在这个容器上，工匠极为小心地描绘了荷马史诗中的英雄阿喀琉斯的形象，他不久前战死，他的战友们抬着他

的尸体离开战场。在史诗《伊利亚特》中，阿喀琉斯生机勃勃、活力四射。他是一位"伟大的奔跑者"，"极为英俊"，眼睛"又大又亮，如同燃烧的火焰"，他"燃烧着的喜悦"和"狂怒"的吼声撕裂了天空。然而，在这里，他的身体可怜无力地下垂着，他的灵魂与精神已经随着他的最后一次呼吸离去。确实，灵魂（psyche）这个英文单词就来意为"呼吸"的希腊语单词。

我走向那个美丽、实用的陶罐，试图回想我记得的有关古希腊人死亡的一切。我想起，古希腊葬礼中不会出现祭师：不死的神祇无法理解死亡，而且对此也不在乎；他们不关注这些。死者家庭负责照看尸体，人们认为，无生命的躯体柔软、可怜，与孩童特别相似。"葬礼"一词的希腊语可以翻译为"照顾死者"：家人洗净他们的亲人的尸体，在他身上涂油，在他的下巴上捆一根带子让它不会松脱。与此同时，按照荷马所说，"灵魂从尸体飘向幽暗，那是一口黑暗之井"，那是一个以现实的对立面来定义的地点。古希腊的冥界是无形的，没有血；再次引用荷马的话，那里是"模糊的、没有呼吸的"。在阅读关于这个模糊不清的世界的文字时，我觉得古希腊人很可能认为，他们无法很清楚地知道死后会发生些什么。他们只知道生命，于是他们把自己所知的东西灌注到青年雕像这类雕像中去。

在半个小时的休息时间里，我坐在储物柜旁，拿着纸笔，全力以赴地试图用文字描述青年雕像，捕捉它可能具有的意义。我写到了这尊雕像单纯的直立状态，甚至将其与一只保龄球瓶做了比较。它似乎是在庆祝一个用双腿行走的物种的勇气。我写到了它"昂首挺胸的傲慢……对于生命是最好的事物的认知"，的确，这是唯一能够跨越坟墓的东西。我写到了这尊雕像的裸体——它的纤弱，毫无保护措施，任何箭矢都可以射穿的柔软，死去的是一位青年男子。最后，我试图扼要地记下有关你我，有关我们所有人的一些事情，我们仍然与这位青年男子有亲缘关系，脱去衣服，我们看上去与他十分相似。

如果你站在古希腊雕塑庭院的中央抬头往上看，你会看到，头顶上是灰浆粉刷的拱顶天花板。在荷马的时代，人们认为天空是一个青铜拱顶，每一寸都是固体，非常坚实。它由矗立在大海中的柱子支撑，大海包围了如同圆盘的大地。在大海的另一面是阴间，那里只能看到圆盘状的太阳的背面。而阴间的另一面是虚无，实际上连虚无都不是。古希腊人是笃信实践的人，他们在自己的哲学中没有给无限或者虚无保留位置，这二者都是在自然中观察不到的。在古希腊人思想千百年的发展过程中，他们从来没有完全丧失自己特有的、具体的思考习惯。在他们的世界中，每一个事物，包括他们的神祇，也都是有形状的，这是一种令其视觉艺术璀璨辉煌的品质。

　　我正站在一条紧靠着雕塑庭院的走廊上，不经意间听到了一些青少年讨论一份家庭作业的话语。他们似乎得到了如下书面提示："古希腊人是否真的信仰他们的神祇？解释你为什么认为他们真的信或者不信，用两件艺术品作为例证。"这一作业布置得真是令人叫绝。我决定继续偷听下去，直到弄清楚这些学生是怎样想的。一个咬着嘴唇的小姑娘认为他们必定是相信的，显然，她的意思是，大家看看周围，对不对？这很奇怪，但是……然后她耸了耸肩。然而，和她一起的那个男孩对此有怀疑。他认为，或许这就像人们对魔鬼的看法：有些人认为确实有魔鬼，也就是有一个真实存在的魔鬼；但大部分人认为这只是一个故事，是不是？说到这里，他们茫然地看着四周静悄悄的神祇，显然谁都无法说服对方。

　　我担心他们最终会达成妥协，给出一个"模棱两可"的答案，所以我有点儿犹豫地现身了。"嘿，两位需不需要帮助啊？"他们开始吃了一惊，因为看到了我的制服，觉得自己可能惹了麻烦。但我的表情令人安心，所以他们说确实需要帮助。我给了一个他们可以用在文章里的词，一个源于希腊语的单词，*epiphany*（顿悟），意思是"神灵的探视"。我说，希腊人总是会得到神灵的探视，无论在梦中还是在清醒的时候。"喏，请看这里……"

　　我带着他们去看一个通常被称为美第奇雅典娜的头像，是古代罗马人模仿雅典雕塑家菲迪亚斯已失传的杰作所做的塑像（这件仿制品的身体也丢失了）。我们一起看向那张平静、冷漠的脸，但它并非没有表情或表情僵化。这是智慧女神的另一种样子，柔软，面颊上带着血色，她的美丽就是坚强与力量。"雅典娜是一位具有特殊智慧的女神，"我对他们说，"你们读过《奥德赛》吗？读过，太好了。在《奥德赛》中，每当奥德修斯需要信心与激励的时候，雅典娜就会现身。你们知道那种感觉……你正在艰难中跋涉，感到心灵空虚，结果，毫无理由地，你精神大振，有了精力、勇气和智慧，可以做到几秒钟前似乎完全不可能做到的事情。我们今天会认为，变化的原因在我们自己内部，但古希腊人不相信这一点。他们认为，一切力量来自外界，是强大而又不可预测的，那些力量就像能够控制他们的命运一样，能够控制他们的情感。人们有时称雅典娜为亲近女神，原因就在于她能够以某种方式洞悉并改变人们的思想。"我指了指那张脸。"是在变好，对不对？好好看看她。看看古希腊人头脑中的智慧是什么样子。看看她是不是能够改善你们的情绪。"

或许是在照顾我的情绪，他们在我说话期间一直在点头，好像我说得有道理，而且还在围着那个雕塑头像转圈的时候在笔记本上写写画画。然后，在对我说了"谢谢你，先生"之后，他们离开了，去找另一位神祇。从远处看着他们，我觉得心情舒畅。有太多游客认为，大都会艺术博物馆是一座艺术史博物馆，是让人学习有关艺术的东西，而不是从艺术中学习。有太多人假定，有一些知道所有问题的正确答案的专家，而且这里无法让业余人士探究艺术品，并从中发掘可能的意义。在大都会艺术博物馆工作的时间越长，我就越能够确定，这不是一座艺术史博物馆，不主要是。它的范畴上达天堂，下至布满了虫子的坟墓，几乎涵盖了两者之间每一个方面的感受和意义。关于这方面，并没有专家。我相信，当我们努力去洞察艺术所揭示的内在时，我们才是在认真地对待艺术。我希望那两个学生会认真地对待他们的作业，而且我认为，他们已经有了一个良好的开端。

经过 8 年面面俱到的翻修之后，伊斯兰展厅已经做好了重新开放的准备。人们对此期望很高。几个月里，我时常会碰到一些身穿白色罩衫、戴着红色毡帽的摩洛哥工人，他们在第 81 街入口处外面抽烟；据说，他们正在建造的院子是一项奇观。剪彩之前两星期，我在去吃午饭时路过这个展厅，这时我看到主管戴维斯从一对折叠屏风后走了出来。我伸长脖子往里看，他笑了笑，用他的收音机天线做了个让我进去的手势。"你真的要我进去？"我问，这时他把我推进去了。

"当然了，"他说，"这是你工作的地方。"

我在门口一位保安那里签字进入，他享有一个少有的、让人垂涎的"坐着工作"的岗位。我同时看了看手表。43分钟。我有43分钟，可以不吃午饭，在我熟悉的老博物馆中探索一个名副其实的新开张的博物馆。我眼角的余光扫到了一个摩洛哥庭院，我才不要这样呢，我要正式地参观。我做了一次深呼吸，镇定了一下，然后从头开始。

我站在一个介绍性展厅里，那儿陈列着全世界千百年间的《古兰经》。其中有一张用靛蓝色染料染色的9世纪的羊皮纸，来自北非。还有一份全本，但它如此之小，可以悬挂在一个奥斯曼帝国士兵的脖子上。另外还有一张纸，来自一本属于突厥–蒙古皇帝帖木儿的《古兰经》，高2.13米。

转过身，我开始在一系列甜甜圈状的展厅中穿行，我发觉，甜甜圈中间的孔洞正是下一层的古罗马庭院。7世纪的大马士革……8世纪的巴格达……然后继续向东，进入波斯和中亚……这些展厅中陈列着许多我有时候会忽略的实用而又美丽的物品，从丝绸和亚麻纺织品到玻璃和陶器。当来到12世纪的伊朗时，我面前摆放着一个镂空的狮子状青铜香炉，它旁边是一套有800年历史的国际象棋棋具，上面的王是伊朗国王，后是奥斯曼帝国治下的土耳其王后，还有形象为大象的主教和做成战车的车。和我见到过的许多很少使用的国际象棋棋具一样，这一套棋具也缺了一个卒。

　　我时刻留意剩下的时间，所以只能从众多令人感兴趣的物品旁匆匆走过，它们预示着，这个展厅的未来漫长而又有趣。我恋恋不舍地看着闪闪发光的土库曼盔甲，因为时间不足而叹息不已。因为我又一次看到了摩洛哥庭院，这次我忍不住直奔而去。

　　如果这是一个真正的中世纪户外庭院，位于一座庞大的房屋或者伊斯兰学校中央，我会在它喷涌的喷泉前跪下，遵照仪式，洗手洗脚。这里的喷泉的尺寸小得多，我最终将不得不制止游客们向里面投掷硬币。但这个房间令人震惊。在我身边的墙上，密密麻麻地镶嵌着颜色各异、形象不同的手制瓷砖，让我的大脑应接不暇。我看着对面的墙；从远处看，同样的镶嵌图案组合在一起，形成了一种看上去极为有序又无法静止的设计。每当我发现了一个设计元素并专注地看着它，只要一眨眼，我就会看到一个更大的整体，刚才的元素只是其中的一部分。白色的狭窄通道就像细带一样，在瓷砖之间蜿蜒而行，并汇聚为绚烂的多边星形图案，然后又分开，再次曲折前行，在别的地方形成另一个星形图案。

　　但这一庭院最大的神奇之处在头顶。建筑两侧开放，由柱子支撑着。泥灰制成的拱门雕刻精细，仿佛蕾丝一般细腻。雕刻得如此深入，以至于表面的图案变成了三维立体效果。我觉得，其中的一个区域看上去就像是乱七八糟地洒在整个桌子上的各种干意面，而另一个区域则让人联想到交织缠绕的藤蔓、蜂窝、华丽蛋糕上带褶边的糖霜、小提琴上的 S 形孔洞、落在地铁格栅上的微小树叶和欧洲大教堂的玫瑰色窗户。我的时间实在太少，没法仔细地吸收我看到的一切。我的午饭时间即将结束。我离开了伊斯兰展厅，急切地希望能够很快返回这里，一天 8 小时或者 12 小时守护着它。

两三个星期之后，我走进分派办公室，花了一阵子才找到我的名牌的鲍勃把它拿起来，擎在空中对我说："布林利，现在开了一个新展厅，我们必须把你的主展厅改动一下。"他把我的牌子放到了一个崭新的竖列上。"你去 M 展馆，伊斯兰艺术。"

就这样，我开始了一段为期 3 个月的工作，每天在一个正式名称为"阿拉伯各国、土耳其、伊朗、中亚与南亚后期艺术"的展厅中执勤。自从试用期结束，我从来没有如此固定地在博物馆的某一个展馆中工作，而我再次感到完全沉浸其中。当我过去认真思索古典大师绘画时，我的主要兴趣在于艺术的神圣，它的沉静与庄严的静默。从那时起，我就更多地将这种感受与好奇的来访者和友善的保安给我带来的感受相融合，与人交往带来的快乐是大都会艺术博物馆的世俗魅力。但在伊斯兰展厅，我找到了另一些工具，它们能够帮助我思考：上述两个层面以及整个世界，是如何相互联系的。

已经有人提醒过我，下面这件事可能会发生，结果它果然在某一天发生了：一位虔诚的穆斯林游客问我，我们是不是面对东方。

他和我正在看着一个叫作米哈拉布的祷告圣龛，它为礼拜者指出麦加的方向。我想了一下，告诉他是的，我们确实面对东方。他问我他是否可以祷告。我冷静地告诉他，是的，当然可以，但我们担心，跪地祷告有绊倒他人的危险。他向我道谢，然后双手合十，专注地凝视着圣龛。我也看向圣龛，同时思考着，对于一个人来说，拥有一个单一的中心点，在这种情况下指的是实际的纬度和经度坐标，将其作为自己信仰的锚点，应该是一种什么样的体验。对于这位游客，这件艺术品是一条通道，连接着他心中抱有的神圣信念。

规定就是规定，但当然，这个米哈拉布是一件值得跪拜的瓷砖艺术品。它高达 3.35 米，重达 2.04 吨，曾经是 14 世纪伊斯法罕的一所伊斯兰学校的饰物，现在看起来完全是崭新的。它主要是由蓝色、白色和蓝绿色的瓷砖镶嵌而成的，看上去如同电光一样缥缈，这片穹顶上面布满了动感的阿拉伯纹样和用极有活力的书法写成的《古兰经》经文。我特别注意到在圣龛最里面上方的一处图案，其中用弯曲摇曳、交织缠绕的线条共同营造出植物的生命形式。这些线条本身让人想到攀爬的藤蔓和卷曲的卷须，显然，这处图案是在为大自然欢呼：为它的韵律和丰饶，为它的繁茂与致密，为它永恒的运动和生长。

然后我低头看着圣龛本身，它是一个有尖拱的圆形中空体。在这里，自然的形式与抽象的几何共享一个空间，这是伊斯兰设计的

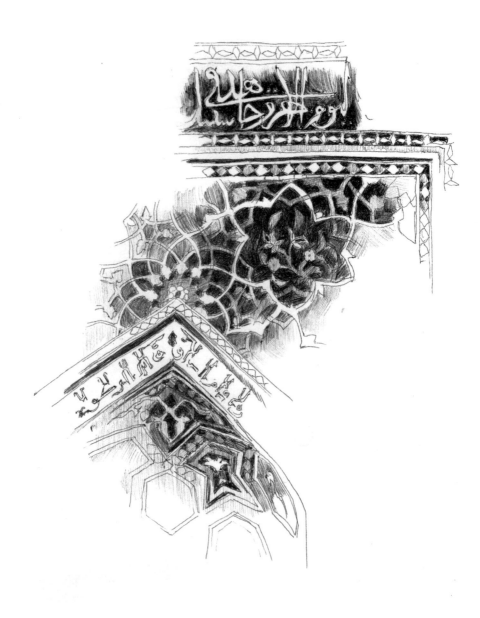

另一个基石。在博物馆的礼品店里，有一本关于伊斯兰设计中数学概念的书，我曾花了两次午休时间翻看并思考，真希望能得到汤姆的帮助。按照我的理解，设计者总是从一个圆开始，它是最简单、最原始的形状，接着将这个圆细分，显示其中隐含的形状。通过选择性地去掉某些线条，并在无穷的网格中向外延长与重复其他的线条，他们创造出无数图案，这些图案全都是从最初的圆得来的，这个圆以其一体性象征着真主。最终的设计中，这个初始的圆可能无迹可寻，但由它形成了统一的表达，它是多样性的基础。

等我注意到这一切的时候，那位游客已经在完成了祷告之后离开了。我思考着：每天祷告 5 次，全都按照一种致力于使思想固着于一体性的仪式进行，会是一种怎样的境况。宗教（religion）这个英文单词包括 ligio 这个词根，和绳索（*ligature*）的词根一样。从它的基本形式来看，宗教意味着"重新联结"，它指的是让人们重新将注意力集中到某些基本真理之上。我不信奉任何特定的宗教，但我经常感到需要有某种束缚，让我能够扫除琐碎的忧虑，并与某些更加本源的东西交流。我注视着这个美丽的米哈拉布，虽然我不是一个虔诚的宗教崇拜者，但仍然是一个崇拜者。

每天在伊斯兰展厅工作，其中令人高兴的事情之一，是我结识了这个展厅的常驻总监，哈达德主管。哈达德先生大约身高 1.65

米，但气度非凡，如同一位王子。他说的每个字都有趣而且带有深意，但他最多启齿轻笑。有一次我和他闲聊，一位游客打断了我们，问哈达德说话时明显的口音是什么地方的。主管面无表情地回答："华盛顿高地。"

后来我才知道，完整的回答应该是：从伊拉克到华盛顿高地，中间包括几座世界性大都市，如米兰、伦敦、伊斯坦布尔等。他现在当然住在纽约，业余兼职做伊斯兰艺术史的教授。我饶有兴味地了解到，他其实并不很喜欢纽约，"这里全是柏油路，到处都是争斗，"他告诉我，"没有热情，没有空气，没有历史沉淀；任何有意义的古老事物都被摧毁了。"我反对他的意见，并且指出，人们一直在进行重建与重新创造，可以说，这就是纽约的历史，这时哈达德没有反对我的看法。"很正确，"他说，"你说得很好。我只是不喜欢纽约。"

一天早上，当哈达德让我在奥斯曼展厅里执勤时，我脑子里想着的除了神学还有其他事情。我想到了自己从来没有去过的那些城市，想到了我从来没有机会钻研的历史，想到了这个丰富的多元化世界，这里孕育了哈达德主管这样的人物。与多样、丰富而引人注目的事物相比，单一的事物如今已不那么有趣了。我曾听到哈达德关于伊斯坦布尔的狂想，我很想知道有关奥斯曼帝国的 10 件、20 件，甚至 100 件事情。

我的胳膊肘支在扶手上，目光向下，凝视着那块著名的西莫内蒂地毯。在柔和的聚光灯照耀下，这块神奇的地毯犹如一方多彩的池塘上烟雾缭绕的表面。如果我的情绪刚好合适，我将任由自己迷失在这样一个如同视觉宇宙本身的地方，但今天我的情绪有所不同，我看到的是一个庞大的、迷失的世界中仅存的一小块。我想到了曾经踏在这块大约在公元 1500 年编织于开罗的地毯上的许多只脚。地毯原本属于马穆鲁克，这段历史似乎是专门为了迷惑现代人的大脑而量身打造的，马穆鲁克指一个统治阶级，是一批精英奴隶战士，主要由土耳其人、切尔克斯人、格鲁吉亚人和阿布哈兹人组成。在几个世纪里，他们驻扎在开罗，但支配着一个帝国。他们曾经效忠于阿拔斯王朝的苏丹和埃米尔，但在 13 世纪夺取了政权，并长期实行奴隶制度，哪怕许多奴隶已经占据了帝国政府中最显赫的职位。1517 年，在这块地毯不过十几岁的时候，马穆鲁克被崛起的奥斯曼帝国征服，但仍然作为奥斯曼苏丹属下的诸侯统治埃及，直到他们于 1811 年被最终击败。他们直到现代才被击败让我很吃惊。

专注地看着这块地毯，我觉得它那成千上万个绳结与丝线，是对现实世界密集复杂的隐喻，仿佛现实中过去与现在交织在一起。我意识到，这个世界曾经从自己的边界向周围扩展，其丰富的细节无法估量，形成了一个展现各种辉煌与平庸的人类剧目的大舞台。我也认识到，我刚刚用以勾画这样的历史画面的笔触实在贫乏至极。我用"埃及"这样一个小小的词语来表达尼罗河两岸蜿蜒数千英里的大片土地，以及那里历经的几千年历史，而其中每一个瞬间都是由复杂得不可思议的细节组成的。低头看着地毯，它让我感到，这就像让一个傻瓜去探讨高深莫测问题的抽象答案一样。似乎我探索的时间越长，我看见的越多，就会更加深刻地认识到自己看到的东西有多么少。这个世界就像无数过剩的细节，它们拒绝融合在一起。

在 M 展馆第三个月的工作行将结束，我很早来到岗位，在一个座位上坐了下来。这种情况总是让人觉得有些古怪，但也很奇妙。在波斯微型画作前，展厅的设计者放置了一些木凳，希望能让游客们长时间观赏这些丰富、精致的艺术品。我坐在一幅画作前，画中人是一位 16 世纪苏菲派的托钵僧，看上去像个苦行修士。这幅肖像画是在如今的乌兹别克斯坦境内以纸为载体创作的。画中的主人公身穿橙黄色斗篷，头戴极有特色的顶针形帽子。他蹲在地上，视线循着自己弯曲的鼻梁下垂。他手拿念珠，进行苦行修士们日常仪式化的祈祷，以此获得直接感知神圣的体验。根据《古兰经》教义，神离我们更近于我们的颈动脉。苏菲派人士将这句话铭记在心。

我喜欢坐在一件艺术品前的感觉，可以不慌不忙地阅读画作旁的说明标签，上面有对画中的阿拉伯文题词的翻译：

为什么我需要感谢给予我灵魂的上天？因为它在我身体之内创造了苦难之源，灵魂因此受难。

我不止一次地阅读这两句话，简直不敢相信其对上天的控诉竟然如此尖锐。这幅画如此克制而又宏大，以至于我被这位苦行僧话语中忧伤的语气所震惊。这幅肖像画把一张忧郁的面孔置于那些我一直在思索的问题之中。我不禁思考，这个男子为何如此心痛？

在上下班的地铁车厢里，我开始阅读有关苏菲派的书。我找到的最好的一本书，是关于一个名叫伊本·阿拉比的13世纪神学家的。我开始阅读这本书，觉得自己不大可能理解他认识世界的方式。但伊本·阿拉比在有些地方引人入胜。他一次又一次地坚持，我们所理解的远远超出我们所知道的——我们应该追求亲身的知识体验，而我们拥有获取它的正确工具。他的观点就像华特·惠特曼诗歌的核心一样，"是的，你就是中心"。

根据伊本·阿拉比的观点，人类有两种截然不同的认知方式。首先，我们内心深处有一种觉知力，这是我们意识的一个组成部分，这种觉知力经过精准调试，能够直接感知现实，无须任何中介就能领会世界的崇高和美，因此我们会觉得真实（或神）如此亲近，如此显而易见。这就是米哈拉布在我心中激起的那种认知方式。

但我们也有自己的逻辑思维，它会提醒我们，我们对这个世界的了解微乎其微，而且我们解码其终极真实（或者多重真实）的手段也是有限的。以这种方式观察世界，真理似乎遥远且不清晰，真实（或神）也显得难以理解。这就是西莫内蒂地毯在我心中激起的那种认知方式。

伊本·阿拉比不知道应该如何协调这两种认知方式，并以人的脸孔上有两只眼来比喻这种差异。他认为，上述两种认知方式都是我们需要的，并且我们可以通过心脏的脉动，在两者之间切换。读到这里，我抬起了头。我身在一列开往曼哈顿的地铁上，它从布鲁克林地铁站出发，现在正咣当咣当地跨过大桥。与我同乘一列地铁的，是星期天早上通勤上班的乘客们，他们以各种不同的眼睛观看着在我们的窗户外滑过的世界，这些眼睛有的茫然，有的恍惚，有的精明，有的睡眼惺忪，有的是紧闭着的。大约 40 分钟后，我开始工作，并请哈达德主管将我分派到距离那位苦行修士不远的地方值班。我再次看到一个人的内心如此痛苦，以至于他质疑自己为什么会被赋予一颗心。对他来说，成为活着的机器，不需要亲自看、思、感，只是背诵祷词，会更加简单。但这位苦行者并没有选择这条道路。

我认为，这位苦行修士正在尽量将他的感知推向它们可以达到的极限，那里正是痛苦和疲惫的所在。不知怎的，我仍然相信他能够重获精力，重新出发。借助我的一只眼睛，我感受到与这位 16 世纪的神秘教派的信徒竟如此亲近。但当我的心脏跳动时，他看上去变得遥远、陌生。然而，当我的心脏再次跳动时，就像我眼前的那幅图画一样，他又变得离我很近。

ALL

THE

BEAUTY

IN

THE

WORLD

十　　　资 深 保 安

　　曼哈顿的上东区是一片荒凉之地，没有物美价廉的食物，也没有不装腔作势的冷饮，但不知怎的，却有一间名叫"东卡洛"的朴实无华的酒吧。寻常的爱尔兰旗帜悬挂在门外，下面通常挤着一群欢快的吸烟者。里面依然是那个昏暗的、气味不太美妙的卖酒间，这个地方你口渴时去过不知多少次。星期天晚上是我们固定的饮酒之夜。因为博物馆周一闭馆，所以我们中大多数人第二天用不着工作，需要工作的人也用不着非常辛苦。"但是，你们听到了传言没有？"莱斯特女士喝了一口减价啤酒，问大家，"说是我们很快就要一周开门7天了。太遗憾了！我想，当技术人员必须移动东西的时候，我们就得用绳子把展馆隔开。我喜欢周一加班的那些日子。看着那些装配员吊起塑像，弄得我心惊胆战的！"

　　"你是不是曾经在周一带约会对象来过？"龙尼插嘴问。"他们可喜欢来了。人人都喜欢被带到一扇锁起来的门后面。这样一来，跟保安约会似乎也不是什么可怕的事情了。"

　　现在是下午6点，在这个时候，不仅青年保安、无子女的保安、有各方面问题的保安会聚到一起干一杯，就连那些有家室的男女保安也会停下来"只喝一杯"，这话通常可以理解为"干上两杯"。

这一伙人里就包括特伦斯和约瑟夫，是我央求他们今天晚上过来的。他们换衣服比较拖拉，所以到得晚了点儿。他们走近吧台，同意我去买第 1 轮米勒公司出的海雷夫啤酒，也就是说，等到他们每人再买一轮酒，我们就会喝第 3 轮了。电视上正在播放体育集锦，这让我们想起了 3 个人一起去现场看布鲁克林篮网队的比赛。那天约瑟夫坐在便宜座位上，座位的角度不好，结果他晕得厉害，我们仿佛正在过山车里上下颠簸。我们只好一路道歉，来到了位置较低的观众席，约瑟夫用下面的话语唤起了一位心怀同情的引座员的阶级意识："我们 3 个都是保安，跟你是同一类人！"

现在电视上播的是棒球新闻，这让特伦斯想起了另一种使用球棒的球类运动——板球，这项运动最近发生了爆炸性新闻。他称之为"风之队"的西印度群岛队创造了一个上午 9 次击中对手的三柱门的壮举。但约瑟夫把谈话带回了一个他提起多次仍然锲而不舍的话题："为什么人们把这支棒球队叫作布鲁克林篮网队，而不是纽约篮网队？"他在提出这个问题时带有沉痛的失望。"你，帕特里克，你是芝加哥人，现在住在布鲁克林。你，特伦斯，你是圭亚那人，现在住在皇后区。我，约瑟夫，我是多哥人，现在住在布朗克斯。如果篮网队拿了冠军，他们应该在百老汇大街上游行庆祝，而不应该在弗拉特布什大道上！我们都是纽约人！"

喝完了第 1 轮海雷夫啤酒，我们转动座椅，加入了更大的谈话圈子。其中包括罗尼和莱斯特女士，他们都是这里的常客；还有两位主管，他们没穿西装，我们很乐于见到他们没穿西装的样子；还有跟我一起花 10 分钟走到酒吧的 3 位朋友：来自夏威夷的露西、来自维斯切斯特的布莱克和来自康涅狄格州的西蒙。

布莱克给我们讲了一件工作上的趣事。"听着，"他说，"我在 B 展馆的一间法国展厅里值班，就是陈列着《劫持沙宾妇女》这幅画作的那间，这时我看到了一个仍然在用铅笔带橡皮的那一头捅一幅画的孩子。我的天哪，完蛋了，我心想。我去检查那幅画时让那个孩子站着别动，这时我想，我想，在他戳到的地方可能会有一个小凹坑。所以我就打电话叫人。技术人员来了。听着，有趣的地方就在这里。那个技术员的手指把那块地方摸了个遍，仔仔细细地摸，就好像在涂防晒油。然后他转身对我说：'没事儿，不管那里有什么，都是在好几层油彩下面的东西。是过去就有的。'"

露西接着讲下一个故事，是关于一个游客的，他问 813 号、432 号、731 号、622 号等展厅在什么地方。她的声音滑稽地拖得长长的，让我们全都大笑了起来。博物馆最近发布了一份重新设计的地图，上面标注着一大批展厅的编号，但没几个资深保安花了心思去记。"你只要告诉我你想看什么就行了",这句话是我们经常对游客们说的。"是木乃伊、睡莲,还是玛丽·卡萨特?告诉我名字,我给你指路。"我们一边喝酒,一边谈论着博物馆里发生的一些缓慢的变化,我们中的一些人觉得,这些变化带有企业的不近人情的色彩,是在长期担任馆长的菲利普·德·蒙泰贝洛卸任之后发生的。"不管你怎么看待'费城牛肉芝士三明治',"西蒙插进来说,以菲利普的绰号打趣,"他从来没有要求我们学会记数。"这是一句幽默的戏谑,但我们全都为用"费城牛肉芝士三明治"这样一个词作为有贵族气质的德·蒙泰贝洛的绰号而发笑。

"这个绰号起得好,"特伦斯说,"就像叫一个胖人'小瘦猴'似的。"

有关老本行的谈话经常会变成教师休息室式的议论,他们在那里大发牢骚,发泄对那伙"小妖精"的怨气,而在我们口中,"小妖精"就是参观博物馆的游客。在这方面,我可以分享一个很好的故事。"话说我当时在赖茨曼做第三班,"我告诉大家,他们都知道那里是法国展厅,"到了闭馆的时候,我的展厅里来了个家伙,是个有钱人,而且是个时髦的有钱人:垂肩的长发,一套花大价钱买的西服,只是穿起来紧巴巴的,还带着个小儿子,那孩子打扮得跟他一模一样。'对不起,已经5点15分了。展厅现在关闭了。'我告诉他。他连看都没看我一眼,只是把手朝空中一伸,就好像一位正在发出信号的棒球运动员。

"'5分钟。'他就是这么说的，口气就像在发布命令，而不像在提出请求。

"'好吧，'我说，'尽管我觉得这样做不合适，但我给你1分钟。'接着我就去查点另外两间展厅，那里的每个人都非常配合，让我做自己的工作。当我回到'5分钟先生'那里的时候，他的脸上带着可爱的小傻笑。他觉得很好玩。他觉得我居然试图指挥他。'先生，请移步……'我说道，以此召唤出他较有人性的一面。但他不肯让步。这时，自然而然会有其他保安开始探头进来看看发生了什么，而且不一会儿，整个展馆的16名保安全员到齐，一边朝他跺着脚，一边盯着我们的手表看。最后，富兰克林先生大声吼了起来：'关门了！关门了！关门了！关门了！关门了！关门了！关门了！'你们知道富兰克林先生的那种风格，这时他可以变得相当咄咄逼人，因为他这时听起来很厌烦。没有谁能挡得住这样的攻势。结果，我的那位老伙计终于被打败了，但当他转身要走的时候，他还是要说最后一句话。他转向自己的儿子说：'一群小人，芝麻大的权力……这就是生活。'"

人们没有像我预期的那样发笑。这种状况让人感到心情沉重，大家都在严肃地摇着头，说了声"哎……"，同时在思考着，不知道为什么道德败坏竟然达到了如此地步。我们都有过被人当作鞋底上踩着的口香糖一样的经历。你既然做了保安，就没法避免偶然出现的浑蛋，他们用各种方式提醒你，让你想起自己只不过是个保安。在最好的情况下，你根本不把这当成侮辱。而在最糟的情况下，你确实有时候会像那些恶棍希望的那样，觉得自己很渺小，很无力。但在这些日子里，我们至少可以像在酒吧里讲述的故事中那样，让他们充当其中的反派。

　　大约 7 点钟，人们开始离去。特伦斯、约瑟夫和他们那类人都回家和亲人团聚了，到了现在，这个夜晚的活跃状态就只能靠我们剩下的这些人维系了。露西向我招手，让我到自动点唱机旁的一张偏远的桌子就座。在这个嘈杂潮湿的酒吧里，我和朋友们亲切地待在一起。尽管我在很长的时间里不愿意这样做，但我已经找到了与我有类似思想的年轻人，他们让我不再觉得孤独。我们都是 30 岁左右的人，到了那种不再向朋友们显摆，而是向他们寻求支持的年纪。这是一个不容易的年纪。成年人的学徒期正在结束，真正的成年期正在到来，而你必须再次弄清自己想要做些什么，而且，这次或许是真的了。在我们 4 个人中，只有我是个另类，因为我是有意识地想成为博物馆保安的。西蒙想当教师。布莱克在大学里主修地质学。露西有诗歌的文学硕士学位。在我们这桌人中，大家对于未来的生活究竟会怎样都不很确定，尽管我们确实越来越清楚地意识到：生活本就如此。

当天色越来越晚，酒精的作用也越来越明显的时候，我们变得不那么傻，而是更真诚，警戒心变少了，也更脆弱了。而且，谁也不知道外面的人会怎么看，但在我们几个人中间，我们之间的谈话真是棒极了。在这个星期天和以后的星期天，我们谈到了父母的死亡、与疾病的斗争和在精神健康方面的问题。我们为露西的诗歌发表在一家文学杂志上干杯，我们为布莱克的歌唱首秀做准备。西蒙和露西在这样的一张餐桌上坠入了爱河，哪怕他们后来又回归朋友关系，但爱的温馨仍在。然后有一天，西蒙宣布了一个新闻：他遇到了一个女孩，他将和她一起搬到犹他州去，他最终在那里找了一份邮递员的工作，并和两只狗一起生活在山里。真实的事情。在一个吵吵嚷嚷的酒吧里，我们在自己的小圈子里谈论着真实的事情。

到了我在伊斯兰展厅工作的第三个月结束的时候，我们已经把这个展厅的名声打出去了，而且我得到了一个转到新的主展厅的机会。整个 M 展馆的常驻人员都面临着同样的选择，而我们花了些时间，从各个角度考虑我们的选择。或许可以去 R 展馆？（按照安保部门的安排，R 展馆由现代、非洲、大洋洲和古代美洲艺术展厅组成，在有需要时，也负责屋顶的雕塑花园。）哦，但有人指出，那里距离储物柜太远……这是真的，但 R 展馆有许多地方都铺着地毯，这是另外一个需要考虑的……是的，但你会发现，每个人都认为自己的小侄子就能够画出康定斯基的画作……没错，但这又怎么样，太好笑了……

是啊，那 F 展馆（亚洲艺术）怎么样？每个人都认同，这里静得不同寻常。作为资深保安，我们都明白照明灯的影响，F 展馆整体比较暗，在某些地方使用聚光灯，会让参观者在说话时压低声音，好像担心惊醒了雕塑。但我们对于自己是否需要寂静的看法并不一致。有些人情愿整天都和学童们打成一片（在这种情况下，他们应该去古埃及展厅）。我们对经常主持该展厅工作的主管的亲和性和公正性也有尖锐的意见分歧。

过去，我通常有意识地避免形成这类偏好：有关这个小队或者那个展馆，这个主管或者那个午休安排的看法。因为这会打破我当前经历的奇妙状态，我心无杂念地前往鲍勃派我去的任何地点，然后就在那里安静地度过一天。但这一状态最终还是被打破了。就在我不想继续表现得像个天真无邪的菜鸟，并开始为自己比原来更明智、更有识别能力而感到高兴的时候，打破魔咒的时刻到来了。我愿意偶尔与同事们谈论工作上的事情。我有时候也会抱怨，会叹息。不过，慢慢地，但坚定地，我形成了某些思维习惯，它们会让过去那个不那么老练的我感到吃惊，或许也会让那时候的我感到失望。

最后我决定，将 G 展馆作为自己的主要负责区域（由美国展厅、乐器和武器与盔甲展厅组成），而我这样做也并非出于什么高尚的理由。这里厕所比较多，而且展馆刚好位于储物室上方。在这些天里主持馆务的主管辛格让我们自行组队。除了这些原因之外，我现在没有心情去探索不熟悉的领域，我更看重友情（约瑟夫和特伦斯都在这个展馆），而且，作为一个美国人，我不会介意在美国展厅中感受一些我预期会感受到的东西。

在这个展厅中，最著名的画作当属那幅相当庄重的《华盛顿横渡特拉华河》，只不过谁也不会认真地对待它。它让人感到高兴，但算不上特别令人敬畏。人们直接走到它前面，会说一些类似"我的天，好大的一幅画！哪怕高速公路的地下通道里都放不下！"的话，好像它是某个你想仔细看看的路边景点。我时常被指定在它前面执勤，这时候，我喜欢看着那条通往这幅画的过道，看看人们第一眼看到乔治·华盛顿时有什么表现。我喜欢看到他们不去理会约翰·辛格尔顿·科普利画的其他杰出肖像，而是向我快步走来，同时取出他们的照相机或者手机。我喜欢看到父亲捧着啤酒肚，摆出一副华盛顿的姿态，逗笑了所有的人。我喜欢对人们确认：是的，这幅画作是真品；以及，不，那个小标牌并不意味着它是一幅赝品。（那个小标牌说画框是复制品，但我认为这是策展人的失策，他们不应该在一幅著名的画作附近的任何地方让人看到"复制"二字。）我喜欢与人们就划艇是否真的能装载战马进入战场进行争论，也喜欢听到那些自称无所不知的人们谈论，说在横渡特拉华河的那个时代，艺术家画出的那种版本的美国国旗实际上并不存在。我喜欢帮助人们正确地读出画家伊曼纽尔·洛伊策的名字，他是美国艺术史上昙花一现的终极奇迹。我也不太介意自己正在形成不那么恭敬的态度和有个性的兴趣爱好。对于这些，美国展厅似乎是个正确的地点。

有一个夹层刚好在主展区的下面，它是整个博物馆中最奇特、最不拘一格的地方。它就是"可参观存储区"，其中有数以万计的艺术品，收藏了数万件找不到合适展厅的艺术品。在没有明显标记的情况下，游客们在高大的玻璃橱柜林立的狭窄过道里穿梭游览，观看橱柜中陈列的大批美国过去400年间的文物。如果你喜欢桌子，这里有餐桌、茶几、工作台、牌桌、边缘可折叠的桌子、桌面可以竖起来的桌子、贴墙放置的台桌、支架桌和会议桌。如果你喜欢钟表，你可以在这里看到大落地钟、搁板钟、壁钟、橡子时钟、灯塔时钟、班卓琴座挂钟和竖琴钟。作为大都会艺术博物馆中的这样一个区域，游客们会在游览这个夹层时说，这里的一件物品"刚好就跟巴布婶婶的那件一模一样"。在这里，你可以在神圣杰作的冲击下缓一口气，享受眼镜、糖夹子和消防队员的皮头盔与盾牌的陪伴。

这个夹层中也有"艺术"，但吸引人的是其不带俗丽浮华的风格。雕塑之间的距离很近，让人觉得有点尴尬，有点像初中的男孩女孩跳舞的时候。成百上千的画作紧挨在一起，无论上下还是左右都没有空隙，在它们占据的玻璃柜子里形成了疯狂的镶嵌画。从这些柜子之间走过时，我觉得有几十双眼睛正在注视自己，它们是约布·佩里蒂、托马斯·布鲁斯特·库利奇夫人和亨利·拉·图雷特·德·格洛特先生的眼睛，甚至还有一些早期美国人的眼睛，他们的名字鲜为人知。通常，这些画作的模特尽量让自己表现得老练从容，但在画家的笔下，他们看起来或许比他们想要的更为坦率，更为平常。早期美国画家羡慕高雅的欧洲文化（这正是欧洲文化的魅力所在），但他们无法模仿那种精致。

如果有人身在这样一个如同阁楼的地点，他对收藏的过程会产生兴趣是很自然的。一天，我无意中路过这座博物馆获得的第一批画作中的几幅。我是通过它们的接收编号找到线索的，即那种在物品标签底部可以看到的类似序列号的数字。接收编号通常比较长，如：2008.11.413，但我发现有一幅画的接收编号为74.3，这说明，它是在1874年成为博物馆藏品的，这是大都会艺术博物馆得到永久馆址的6年前。这些画作十分可爱，是约翰·弗雷德里克·肯西特创作的低调的风景画，此人是博物馆的创建人之一，在他成长的年代，风景画艺术家在美国还不是一种职业，所以他接受的是雕刻师的训练，并找到了一份雕刻印钞版工作。在他的一生中，纽约在飞速发展，他在哈德孙河画派中找到了志同道合的伙伴，并与他们共同努力，创建了美国第一座宏伟的艺术博物馆。

只是，这座博物馆在开始时并非如此宏伟。像卢浮宫这样的博物馆里尽是皇家的珍藏。大都会艺术博物馆的藏品只能由公民个人逐步积累，由商人、金融家、改革家和艺术家等人组成了第一届理事会。在许多年间，大都会艺术博物馆努力寻求有价值的展品，依靠意外的好运生存，即得到礼品与遗赠，它们更多地来自偶然而非计划。我了解到肯西特的风景画是在他为了救助一名女士而在长岛溺亡后，由他哥哥赠送的。这些作品一起被称为"最后的夏日之作"。

我养成了完整地阅读标签的习惯，我发现，在标签底部经常会有同样的几个字：罗杰斯基金。大都会艺术博物馆通过赠礼、遗赠和购买得到艺术品，而且显然，雅各布·S. 罗杰斯[1]是让该博物馆有如此强大的购买力的最大助力。火车头制造商罗杰斯生于1824年——那时托马斯·杰斐逊[2]还活着——在路易斯·阿姆斯特朗[3]出生前一个月去世。美国的历史就是如此短暂。根据我在电脑上进

1　雅各布·S. 罗杰斯（1824—1901），美国商人，于1901年去世时，将其多达800万美元的遗产中的大部分捐赠给纽约大都会艺术博物馆。

2　托马斯·杰斐逊（1743—1826），美国政治家、外交家、律师、建筑师、哲学家，美国开国元勋之一，第三届美国总统。

3　路易斯·阿姆斯特朗（1901—1971），美国爵士音乐家，被称为"爵士乐之父"。

行的搜索，仅在美国展厅里，他的名字就附在超过 1500 件物品上。一台用于修理篷车的 18 世纪千斤顶？罗杰斯基金。一个由蒂芙尼公司于 1879 年制造的银托盘？罗杰斯基金。但是，在他的有生之年，他的名字几乎完全不为大都会艺术博物馆所知，因为他对艺术并没有特别的兴趣；在他去世后，按照他的遗愿，人们不曾为他举行葬礼，接着便宣读了他的遗嘱，这时谁也不知道遗嘱的内容。出于只有他自己才知道的原因，这位脾气暴躁的怪人没有把遗产留给他仅有的家人（几位侄子、侄女得到了少量馈赠），但给大都会艺术博物馆留下了 500 万美元，这在当时是一笔惊人的巨资。这一下子让给大都会艺术博物馆捐赠变成了一件严肃的事。罗杰斯的钱至今还在发挥作用。而这一切都要感谢他的坏心眼或者突发奇想，当然，也要感谢横跨整个美洲大陆的蒸汽火车。

收藏的冲动让个人和博物馆入迷。大都会艺术博物馆的第四任馆长 J. P. 摩根花光了他大部分的现金收购珍贵的手稿和艺术品，其中大约 7000 件仍旧收藏在大都会艺术博物馆中。在宣读他的遗嘱时，约翰·D. 洛克菲勒诙谐地说："而且想想看吧，他甚至算不上什么富人！"更少见的是，这座博物馆接受了某人的收藏，而这位捐赠者实际上并不富有，我最喜欢的一个例证就在这个夹层中。

一个工作日下午，我被分配到杰斐逊·R. 伯迪克收藏馆值班。主管辛格一直和我在一起。这位说话温和的主管 75 岁上下，而且看不出他有退休的意向。在大都会艺术博物馆工作了 40 年之后，寂静让他感觉非常舒服。现在，好几分钟过去了，我们一直叉着手站着，没有说一句话。

"你喜欢棒球吗，辛格先生？"我终于勇敢地开启了一个话题。我们周围有几十位棒球运动员的照片，贴在彩色的长方形硬纸板上，以网格形式排列，周围镶着边。那里还有从威利·梅斯、亨利·阿龙、霍努斯·瓦格纳，一直到金·凯利的棒球卡——人们称他为"10000 美元凯利"，因为波士顿食豆人队在 1886 年斥巨资买下了他的棒球卡。

听到我的问题，辛格先生的脸上因为纯粹的喜悦而容光焕发。"不喜欢！"他决绝地说，"但我喜欢板球。"

"看看这里……"这位圭亚那人带着我走过了 19 世纪棒球卡展台，这些卡都是用娴熟的技术制成的，是经过多步骤平版印刷而成的美丽成品，然后人们把它们塞进了香烟和散装烟丝盒内。他指着中外野手"杰克·姆基齐"的一张双手并拢好像在接雨水的卡片。"不戴手套！"辛格先生说，"在打板球的时候，我们到现在还这么干。你懂我的意思吗？听清楚了没有？我们就是用双手在空中接球。"他给我看他那双长满皱纹但非常灵活的手。特伦斯给我讲解过一些有关板球的事情，但我如果打断辛格先生的话，那就太愚蠢了。我装出对此一无所知的样子，结果他很快就开始模仿击球姿势，展示击打三柱门的技巧。

"你知道还有谁也不喜欢棒球吗，辛格先生？"轮到我说话时，我这样问他。"杰斐逊·伯迪克！大都会艺术博物馆拥有除古柏镇[1]以外最丰富的棒球卡收藏，有 3 万张卡，这归功于一位来自锡拉丘兹的电气技师，但他从来不去看球。伯迪克对棒球不感兴趣，但他对卡片有兴趣。明信片、广告夹页、菜单、情人节贺卡……一切时效性短暂的东西他都收集，但收购价从来不超过 1 美元，今天，这些卡片中有的已经可以卖到成千上万美元，至于这张霍努斯·瓦格纳的棒球卡，其价值则高达数百万美元。到了 1947 年，他已经有了超过 25 万件藏品，这时他前来拜访大都会艺术博物馆。他生命的最后岁月是在博物馆的速写与版画部门度过的，他尝试为其中的所有物品编目。"

"听起来，这位伯迪克是位真正的人物，"辛格先生说，仍然因为自己对于板球运动的回忆而兴奋，"他能成为一位一流的保安……"

近来，辛格先生把我安排在乐器展厅执勤，这一收藏让许多游客大吃一惊，而且实际上也让他们中的一些人感到伤心。展馆里有

1　纽约州古柏镇是美国国家棒球名人堂和博物馆（National Baseball Hall of Fame and Museum）所在地。

一把吉他，古典吉他演奏大师安德烈斯·塞戈维亚曾称其为"我们这个时代最伟大的吉他"。当我在这把吉他旁值勤时，一位游客面露惊骇地转向我。"你读过这张标签吗？"他问，这时他看着那把吉他，好像看到了身上拴着锁链的金刚[1]。"为什么要把它锁在柜子里？我是说，这不是在胡闹吗？"他告诉我，他是一位退休了的高中乐队教师，"偶尔"会演奏爵士长号。我回想起自己读高中时的那位天赋惊人的乐队教师，问他觉得自己能够演奏这个展厅中的多少种乐器。"会一点儿就算？那或许全都能行，"他说，"如果你能给我足够的时间挨个试着来……"

当他离开的时候，我假设自己在一个不那么谨慎的博物馆里工作，这里可以雇用某个具有杰出音乐天赋的人（这个世界上不乏这种人物），允许他随意打开玻璃橱窗，随心所欲地摆弄这些乐器。在众目睽睽之下，他可以通过一天又一天的练习，学会演奏波斯的卡曼奇、日本的十三弦古筝、美洲苏族土著的求爱长笛、意大利的大键琴。你无法想象，这会把展厅的人气提高到何种程度。游客们非常憧憬能够看到这种罕见的场面，有人获准触摸艺术品，而如果能够看到一位热切、耐心的人赋予这些乐器生命，这将是何等令人振奋的事情啊。我已经能够听见策展人、管理员和保险公司定损员

---

1 金刚是电影中虚构的怪兽，是一只巨大的猩猩，最早出现于 1933 年的电影《金刚》中，以后人们又多次重拍过同名电影。

们的反对之声了，他们列出了一长串理由，让这类事件永远也不可能发生。但是，伙计，我不知道。你情愿让你的斯特拉迪瓦里小提琴不会有任何发生意外的可能性，还是情愿用它演奏美妙的音乐？二者不可兼得。

尽管如此，这个展厅还是有许多好的地方。幸运的是，它填补了与它相邻的美国展厅的一些空白。我最喜欢的乐器之一是在尼亚加拉瀑布附近制造的易洛魁龟甲拨浪鼓。它在把手那儿有一块头盖骨，另外还有一块捕手手套大小的壳，看上去很漂亮。但是，真正让这个拨浪鼓意义重大的不是它自身的性质，而是那位随着它的节奏翩翩起舞的舞者与它的配合，作为神圣仪式的一部分，或快或慢，潇洒自如，甚至扭曲了时间。这一幕出现在我眼前，既戏谑又严肃。这是一个塞满了樱桃核的中空容器，与孩子玩的拨浪鼓毫无区别，但这样说来，吉他也只是一个装上了振动琴弦的木头盒子。与此同时，它或许也是一个承载着著名的拉丁传说"死之预警"的器具，能够铭记死亡，如同我在想象中看到的那样：它的制造者剖开乌龟，从龟甲中掏出龟肉。古怪的是，我觉得，这件乐器的许多方面是相关的。你的死亡即将来临，尽情地发出声响吧。

这些天我经常想到美国，于是就被那种典型的美国乐器班卓琴的故事吸引了。引人注目的是，大都会艺术博物馆拥有一把音乐家自制的班卓琴，据说早在 1850 年，佐治亚州的一位黑人音乐家制

作了它，这位弦乐器制作者的名字已经在历史的长河中湮灭了。虽说极为简单，但这把班卓琴绝对是一个可爱的乐器：一张圆形的绷紧的羊皮，周围是利用蒸汽弯曲而成的木制边缘，一个不带音柱的用刀削成的胡桃木长颈，加上带有木制的调音弦钮的琴头。我猜测，要调准音调极为不易，但有人无微不至地照顾着这把乐器，此人或许就是制作者，他本人弹奏这把班卓琴，而在他的艰难生活中，他像需要任何其他东西一样，需要这把乐器给他一点儿消遣。看得出，他极为爱护它。

我几乎想要让游客们不再按照既定的路径走下去，而是给这把乐器照一张照片，就如同他们会给《华盛顿横渡特拉华河》拍照一样。这似乎是美国乐器制作的一个完美的象征，很可能是最丰富、最有成就的美国艺术形式。最早的班卓琴是人们在西印度群岛上用葫芦制作的，而且，我眼前就有让班卓琴获得启发的那些乐器：非洲的长笛、竖琴、七弦琴和齐特琴；还有欧洲的鲁特琴和吉他。

多亏了第86街地铁站月台上的一位街头艺人，我才得以在观察这种乐器的奇特形式时，回想起了塞内加尔科拉琴的演奏声。科拉琴有21根琴弦，葫芦和山羊皮做成的琴体与肥胖男子的肚皮一样大，软得如同枕头。我再次看着那把小小的班卓琴，它是非洲传统的传承，也是美国传统的起源的一部分，而在某种意义上，我也是其中微小的一部分。在我成长的过程中，当我的叔叔戴维围着篝火演奏布鲁斯、蓝草、工人歌曲和牛仔歌曲时，我负责拿着手电筒。我的叔叔戴维现在病了，而作为他在某种意义上的徒弟，我将会是在未来的家庭篝火聚会上演奏吉他的人。

　　武器与盔甲展厅是 G 展馆的最后一个展厅，它与乐器展厅有类似之处，即那里的展品的制造初衷是实用，而不是仅仅用于观赏，尽管在当前，它们的无用也许是最好的。正如孩子们所说的那样，当我被分派前往那些身穿闪光铠甲的骑士们中间执勤时，我有时候觉得，自己有些害怕这些骑在人造假马上的空心武士们代表的东西。当然，有些钢制盔甲经过了蚀刻，带有浮雕图案，做了烤蓝处理并镀了银，制造它们的手工艺令人震撼。而且，我也很乐于回答游客们提出的问题，解释关于骑士之间马背长矛挑战的具体规则，以及这些器具的准确重量。但我也不禁从我知道的越来越多的盔甲中解读骑士们的人格，其中许多都如同噩梦。典型的比赛用头盔带有突出的下颚和偏斜的狭缝状眼孔，让穿戴者看上去如同怪物。我想象着这样的盔甲的穿戴者，似乎看到了一台笨拙的杀戮机器，他有着从前那种青年雕像似的身体，这让他看上去无异于一辆坦克。最"凶残"的头盔非贾尔斯爵士的莫属，他曾于 1520 年在著名的金缕地参加步战比武（对手之间遵照规则持武器的相互打斗）。在没有装饰的情况下，这顶头盔完全没有可以辨认的人脸特征，只有微小的孔洞组成的网格，能够让贾尔斯爵士勉强观看外面的世界并保持呼吸。但是，它最令人恐惧的方面是它冷冰冰的诚实。它只是一个又大又沉的中空金属球，能在你与别人碰撞时保护你的头颅。

而在某个时间点，所有钢制的套装都消失了。1944 年，当我的祖父在诺曼底海滩上登陆时，他身上穿着的是棉布衣服。这并不是因为人类变得不那么暴力，而是因为武器的破坏能力已经远远超越了铠甲的防护能力，人类在防御方面的创新变得毫无用处了。在某种意义上，这种情况更加可怕。为了理解这个改变是如何到来的，我走到这个展厅的最远端，去端详那里的枪炮。在 17 世纪的后半段，火器的威力已经足够强大，穿得如同铁皮人已经不再有任何意义，子弹能把你打成漏勺。但一直到 19 世纪，击发子弹的过程与原始阶段的火器发射并无多大差别。在开枪之前，你必须称量你的火药，把火药倒进枪管，然后将一颗弹丸放进去，用一根推弹杆把弹丸压紧，在点火盘上加入点火药，调整燧石后才能发射。然后你又得重复整个过程。这种方法并不适用于更现代形式的暴力行为；为了追踪这种创新，我发现自己再次置身于美国。

作为武器与盔甲展厅中为数不多的美国物品，16 把柯尔特左轮手枪被放在一个橱柜中，而在这样一个小小的空间中，很难盛放这个国家的暴力史中更多的东西。我面前是一把 1838 年制造的考究的小武器，我看着那把最早的枪，也发现了它那实实在在的革命性的特点：一个可以转动的圆筒，使人们能够迅速地连续射出多枚子弹。这把专利手枪的枪筒被用在柯尔特 1851 型海军用左轮手枪上，枪上刻有得克萨斯共和国与墨西哥之间的战斗场景。美国北方人塞缪尔·柯尔特选择了这个图像，用以恭维他最重要的早期客户：得克萨斯游骑兵。事实证明，他的左轮手枪正是发动针对北美印第安人科曼奇族的战争并将其赶出家园所需要的武器。不仅在得克萨斯，而且在整个美洲大陆，这些武器变成了建立美利坚帝国、取代土著部落的完美利器。那些土著武士可以每隔两三秒钟就射出一支箭矢，远远超过了火器的发射频率，直到左轮手枪问世。而塞缪尔·柯尔特的影响并未止步于战场。内战结束时，总共有 40 多万把左轮手枪被售出，而为了制造这些手枪，柯尔特开始追求一个新奇的目标，即生产可以完全相互替换的机器制造的零件，这是向流水线式制造方式发展的一次飞跃，这种制造方式后来被称为美国体系。1855 年，他开设了一间占地 2.1 万平方米的工厂，用机器对金属进行锻造、铣削、钻孔、锉削，制造出完全相同的零件。这清楚地表明了一件事：世界的面貌将永远不会与过去一样了。

我仔细地审视着一把 0.45 口径的左轮手枪，这种型号的手枪在 1874 年首次被生产，至今仍在被制造。标志性的单动式陆军型手枪，现在仍然倔强地不肯退出历史舞台，作为"和平缔造者"出售给平民。（"上帝创造了人类；塞缪尔·柯尔特让人类平等"是一句美国西部的谚语。）凝视着枪管，我无法确定这是不是艺术，但如果是，这一定是现代艺术。

现在，我做这份工作已经差不多 5 年了，我还保留着一些已经养成的习惯。我有长期交往的朋友。我知道哪些展馆是我喜欢的，哪些是我不那么喜欢的。而当我不经意间听到熟悉的谈话，如"你认为，印象派画作为什么总是看上去如此模糊？"，我知道应该在什么时候以及用什么方式说出我的意见（尽管最近我经常对此不闻不问）。换言之，我是一名资深保安，我感觉很舒服。我已经找到了一种适合我的节奏，并且不需要太多努力就可以维持下去。在大多数日子里，我正在做的单调工作感觉就……普通，就像任何普通的工作。但在某些日子里，这种状况会让我满怀向往和遗憾。

一天上午，我第无数次在美国展厅值班。墙上的画作看上去似乎很单调，毫无生气，但这并不是画作的问题，而是说明了一点，即在一位资深保安工作的一周中，有足够的时间，可以让艺术品以多种方式展现，甚至可以令其几乎没有可看之处。鸦雀无声，这种气氛曾经笼罩着许多上午的工作时光，现在似乎比过去更加难以捉摸。我头脑中的思绪现在更加杂乱，间歇性有趣的散文取代了过去那些沉静的诗意。在这个时刻，我正在努力回忆自己刚刚被派到了哪个团队工作——第一队？或者昨天是第一队？我同时也在头脑中检视我正在考虑的一份短小的任务清单。（考虑父亲节给老爸的礼物这类事情。）我的岗位在约翰·辛格·萨金特的《神秘女郎》旁；那是一幅著名的迷人肖像，但我这时没有注意到自己相形之下的邋遢，也没有注意到我和它之间形成的滑稽对比。这是正常的。随着时间慢慢过去，游客列队进入，各种相互没有联系的想法掠过了我的头脑。我在想，今天一天，有多少耶和华证人小组会按照安排到此参观？（在有些日子里，这个组织会带进来200多名虔诚的教徒，他们会以符合圣经教义的方式走过大都会艺术博物馆参观。）我想到有一次，一男一女两位游客来到我的面前，问我《神秘女郎》在什么地方，这时我转身面对他们，结果发现是摇滚歌星迈克尔·斯蒂普和演员金·卡特罗尔。我毫无怜悯心地想了想我今天的搭档埃弗里先生，他因为午休时经常回来得晚而声名狼藉。还想了我午餐要到什么地方吃的事，因为麦迪逊广场上的帕尼尼餐厅关门了。再就是我另一天在储物柜偶尔听到的俏皮话："我告诉她，'我们不是保安，女士……我们是安保艺术家'。"

　　如同预期的那样，因为同事吃午饭回来得晚，我的轮值被推迟了一些，这时候我的幽默感一扫而空，感到很焦虑。在一份通常不会犯什么大错误的工作中，最小的侮辱也会让人难受。我走了七八米，来到了我的下一个岗位：海风吹拂的缅因州海岸，还有温斯洛·霍默笔下波涛汹涌、浪花飞溅的壮观场面。这些画作如此扣人心弦，它们成功地在我灰暗的情绪中增添了一点点色彩，但只有一点点。我没有嗅到海边有咸味的空气，我也不在乎这个。然后，在意识到这一点之前，我机械地走向 A 站位，并在那里发现，自己身边就是美国印象派画家玛丽·卡萨特的作品。

卡萨特显然是一位杰出的画家，但我总是觉得很难对她做出评价，因此，她没有进入我最近有关美国艺术的杂乱无章的长篇大论之中。卡萨特生于匹兹堡，在国外接受教育，而且她所有的重要作品都是在法国创作的，与莫奈、德加这类人物的作品一起展出。她不完全是法国人，也不完全是美国人，不是个局内人（主要因为她的性别），却是一位受人尊重的中产阶级成员，她的作品不像你心目中典型的印象派画作那样"模糊"，但比古典大师更自然，她不属于任何一个类别。如果我在一段时间内没有想到她，应该是因为我没有想到任何关于她的非常确定的特点。

然而，今天，有什么东西触动了我，或者不如说，有什么人触动了我。在展厅的另一端，一位女子站在一个画架前，一只手拿着画笔，另一只手拿着调色板。防脏的帆布铺在她脚下，当她在画布上作图时，她的眉毛因专注而微微皱起。按照安全部门的规定，这幅画布要比她正在尝试临摹的原件画布小至少 25%。按照临摹者通常的身份猜测，她应该是一位学艺术的学生，如果是这样，那她的年龄算是比较大的了。而且她的表情认真、专注，这让我没有试图与她搭话。现在显然远是她这份临摹作品的初始阶段，她似乎已经要收尾了，但我猜不出她还需要 1 个小时还是 5 个小时才能完工。与大多数看人作画的人一样，我无法完全确定创作的过程，我读过的一切充其量仅仅略有帮助。所以，与其他人一样，看到正在工作中的临摹者，我总是觉得很受吸引，并且加入了几位游客的行列，一起郑重其事地站在一段距离之外，看着她缓慢、安静地挥动画笔。

　　端详了一番她的工作，我确定她画了一幅可爱的图画。这幅画描绘的是一位母亲，看上去令人欣喜。这位母亲身穿绣着金盏花图样的连衣裙，正在照顾一个光着身子的小男孩。很显然，她正在不慌不忙地做这件事，已经成形的画面或多或少令人信服，它看上去是优美的艺术。过了一会儿，我抬头观看卡萨特的原作，嗯，不妨这样说吧：减幅 25% 的规定是为了防止有人偷换原作，但在她的情况下完全不会有这种危险。卡萨特的原画看上去不那么可爱，它优美地沐浴在阳光之中，大胆、流畅、色彩鲜艳、比例正确，多少要比"高雅艺术"更为粗犷。对于这位可怜的临摹者来说，这是不公平的，因为她正在小心翼翼、一丝不苟地工作，而卡萨特则倚仗着自己来之不易的精湛技艺，挥洒自如地作画。这是她的风格、她的主题；她用具有创造力的智慧，迅速地做出了上千次选择，这种智慧是无法被复制的，其他人只能笨拙地加以模仿。总之，我既无法

相信她的画作竟有如此出色，也无法抵抗它的魅力，而且，长期以来，我第一次感到深深的崇拜。

出现这样的时刻的频率低于过去，我意识到了这一点，并因此感到很伤心。这幅伟大的画作惊醒了蛰伏着的敬畏、爱与痛感，与我对夹层中那些小古董的好奇心不同。很奇怪的是，我觉得，我正在因为自己强烈的痛苦即将结束而悲伤。在我生活的中心留下一个空洞的那份痛苦所占据的空间，已经少于我脑中对各式各样的琐事的担心。我觉得这是理所当然的，是自然而然的，但我很难接受这一点。

ALL

THE

BEAUTY

IN

THE

WORLD

十一　　未 完 成 的 作 品

在与塔拉结婚 5 年后，也是在我的哥哥去世近 5 年后，我又一次坐在医院里的一张病床旁边，但这一次是在产科楼层。和以前一样，病房里的气氛简单、凝重。护士们走进房间检查塔拉的状况，但没有特别担心或者期待的表情。我们当然很期待，但发现，情况与电影里的完全不同。我们需要长时间静静地等待，像以前那样坐着，为即将在这间小小的房间中发生的重大的、神秘的、普通的事件浮想联翩。我们的医生刚好准时到达，他不是别人，正是辛格医生，G 展馆常务主管辛格先生的儿子。（我经常听到他的父亲夸他，于是就去查了他的资料，结果让我们很高兴。）紧接着，塔拉开始了预料之中的宫缩，而这一次的高潮时刻与 5 年前的完全相反。不是寂静，而是哭号。不是优雅，而是骚动。不是永远铭记的最后记忆，而是一大堆需要做的乱七八糟的事情。

有时候，当我与儿子奥利弗·托马斯一起在夜里醒来时，我会伤心地回想起那些圣母与圣婴的画作。画里的圣婴看上去总是那么安静！画里的圣母多么安详！与此相反，在我怀里蠕动的这头动物却精力充沛、粗野、荒唐。我看着他贪婪地吸吮着奶嘴，脸颊被打湿，四肢抖动，老是要大便，一边拉屎一边带着喝饱了牛奶的满足沉沉睡去。我尽量小心翼翼地擦干净他的身体，但当然了，冷毛巾让他觉得是对自己的冒犯，于是小题大做地大发雷霆。不公平！几分钟后，我抱着再次进入梦乡的儿子，保持着一个紧绷而古怪的姿势，好长一段时间不敢动。我站在那里，累得快疯了，透过他头顶还在生长的头盖骨感受传来的心跳。

在奥利弗诞生之前，我猜想，新生儿是一种需要抱在怀里的、感觉非常纤弱的事物，我担心会弄伤他。但现在，我发现他是一袋子生命，是一团数以十亿计的细胞，我感觉他粗壮、有力、结实。这让我想起了当年的汤姆，想起他曾经狂热地谈论细胞生物学的神奇混乱，并致力于把它推广到更加普遍的生命形式中。大自然往往会奖励坚韧而非简单，因为坚韧会创造美丽的事物，但不一定是巧妙的或者直接的。如我所知，这一点也适用于我自己的生命，它现在是一个简单的成品。但如今加上了这个新生儿，它或许会变得更加美丽、结实。

我休了3个月育儿假，其中多数时间不带薪。我的工作地点变成了一处位于3楼的无电梯公寓，还没有大都会艺术博物馆中的一个执勤点大。我把宁静、整洁的展馆换成装满了半成品物件的房间，这些物件上面都带有我的指纹。不知怎的，在这65平方米的公寓中，我要做的事，居然比我之前在 23 万平方米的大都会艺术博物馆里的还多。而且说实话，这的确很难适应。我一直过着一种基本上没什么琐事的生活，生活中的主要工作就是在一个轻松自如的世界中环顾四周。现在我发现，为人父母至关重要的一个部分，就是应付成堆的琐事，这时我的震惊可想而知。有堆积成山的东西要洗。医生不断来家访。没完没了地收拾和打开尿布袋。于是，在大部分时间内，我的感觉跟农夫一定会有的感觉一模一样：太累了，无心赞赏自己的劳动成果。

但是，偶尔也会……

一天下午，我决定碰碰运气。我抓过一个用了一半的尿布袋子，拎着那个长得像猴子一样的小少爷，勇敢地大步走进了广阔的世界。布鲁克林的落日公园是我们的目的地，它坐落在一个斜坡上，下面是第五大道上的墨西哥快餐馆，小山顶上是繁华的中国城。在爬上山坡的过程中，我们从吃野餐的人、放风筝的人和踢足球的人身边走过。然后我们到了山顶，那里可能有七八十个人正在做运动量不大的有氧运动，他们有的说普通话，有的讲闽南话。还有一位音乐家正在用一把二胡拉出美妙的曲调。奥利弗的头在左扭右转，我们有时候叫他"小猫头鹰"，因为他一路上总是好奇地转着脑袋。

我带他去游乐场地，让他能够呆呆地看着附近的孩子们。他们精力充沛，不管不顾地到处乱跑，他高兴得不得了。我爱他。我让他从滑梯上滑了下来，差点把他的魂都吓掉了，但我今天的一场豪赌大获成功，他总共只哭过短短的一次。在这座可爱的、破旧的、利用率很高的公园里，我把他放在一小块青草长得七零八落的草地上。公园里人很多。能听到周围交通的声音。自然最伟大之处显而易见：阳光灿烂，微风轻拂，公园里的那棵老榆树与地球上一切生物同样高贵。而且还有我的儿子。我看着那双湿漉漉的大眼睛，它们也微笑着看着我，我惊叹着这一刻的生命力。我想，这种情景不仅美丽，而且很美好，它的美好也包含斗争。

在我回去上班的第一天，约瑟夫带领大家欢迎我。"当了爹的人哦！"他大声吼道，"我们的大男子汉回来了！"我们站在分派办公室外面，就像我第一次见到他时那样。但这一次，是他领着我到处走，确保每个人都知道了有关我的最新消息。几个保安欢迎我加入父亲俱乐部，好像真的有那么一间俱乐部似的，他们和我握手，拍着我的后背，好像我们正在分发雪茄。然后是连珠炮般的问题和争先恐后的建议。他爱不爱吃东西？他睡觉睡得好不好？听你这么说我很遗憾，但如果你让他跟你睡一个房间，那就是自找麻烦。哦，他感冒了？可怜的孩子……我告诉你该干什么。你弄一罐高档蜂蜜，捣一点儿新鲜姜，别太多，只要够……

阿达也在这伙祝福者中间。我的前导师是这些慷慨的分享者中的一个，他们经常询问别人的家人的情况，并且确实对听到的回答有兴趣。她拉着我的胳膊，和我一起出去散步，对于我的父母看到自己的第一个孙子时有何感想非常感兴趣。"看看这幅画，"她说，把我拉到博物馆刚刚得到的一幅画作前，"你可曾见过如此丑陋的东西？"

上午 10 点，我们开门迎接访客，我还记得这些熟悉的脸是什么样子。当然，真正熟悉的脸很少见，但我能够认出他们那种敬畏、困惑的表情，还有找不到厕所时那种烦恼的样子。但博物馆确实有常客，而且我在一天里也见到了不少。一位名叫健司的熟客来了，他是一个青年男子，因为正在发育，所以每次见面他的脸都略有不同；他会问我们这些保安回家时乘坐哪班地铁，并且提醒我们时刻表什么时候有变动，这种信息非常有用。还有一位老人，他每天穿着一件绿色夹克，长得有点像阿诺德·帕尔默[1]，他会对任何他能拦住交谈的大学生滔滔不绝地提出自己的建议。还有一个家伙，他手拿一把象牙柄放大镜观看画作，穿得有点像一位沉默的电影明星，长外套搭在肩膀上。（我很遗憾，不知道他的名字，但我们相互以"先生"称呼。）还有一位是德怀特，他缓慢地迈着与众不同

1　阿诺德·帕尔默（1929—2016），美国职业高尔夫球手。

的步子，肯定已走遍了整个博物馆，他每天只和他遇到的每个保安说一次"你好！"，如果是第二次见面，他就什么都不说。我很少能引诱德怀特说出两个词以上，他总是忙着在小纸片上写些什么（说不定是在画？）。但他今天对我说："好久不见啊……"然后不等我回答就接着往前走。

　　开始一天的工作之后，我想起了自己拥有多么充裕的时间，可以两手交叉着东游西荡，或者就站在那里一动不动。我认识的每一个成年人都不止一次地声称自己忙得不可开交，但在这里我没办法很忙。几个小时就这样静悄悄地过去了，中间有时候会有人提出一些问题（"嘿，伙计，这是原件吗？"），偶尔需要干预（比如一个小女孩拖拽画框），但还是有许多寂静的时刻可以品味。好几个月来第一次，我注意到，当你一个小时什么都不干的时候它有多长。我和奥利弗一起在家的时候也有些不用干活的时候，但那种不工作的时刻和现在这种空闲的时刻有所不同。前者可以干点儿别的度过，一点点地浪费，比如随便看看电视，不但可以消磨时间，而且可以让身体放松。后者是老式的，就像夏日里坐在门前，看着风滚草快速滚过。随着时间慢慢过去，我显然已经不习惯保安这份工作了；站立是一种许久不用会生锈的技艺。这让我想起，"站立"事实上意味着身体靠着什么地方、踱步、舒展身体、甩甩腿，就像自来水笔的墨水用完了甩一甩那样。到了下午的后半段，我已经有些坚持不住了，觉得腰酸腿疼，但与照顾小不点的那种令人狂躁的筋疲力尽相比，这是一种受欢迎的、直截了当的疲劳。

我在心里对自己说：这就是我的生活。我将在两个世界之间来回穿梭，它们看上去很不同，就像摇滚音乐会现场的狂舞区和修道院一样。我的岗位距离彼得·勃鲁盖尔的《收割者》不远，我走近这位老朋友，心里想着：不知是否有任何方法，能够协调我的两种生活。一座静谧的艺术殿堂与它门外纷乱劳碌的世界是怎样联系起来的？

好像透过一扇窗户，我第 1000 次在勃鲁盖尔的场景中寻找。今天，我的目光被更小的细节吸引：向一只无助的公鸡投掷小木棍的孩子们，在一个可以游泳的深潭中洗浴的修士们，驾着一辆装满稻草的牛车的赶车人。这是一个活跃的场景，但当然，其中的人物固定在画布发着光的表面。我们无法看到他们在每天、每个月、每年的复杂生活。或许，一件艺术品必须尽力表现生活中没有艺术的一面：那些单调乏味的东西、人们的忧虑、当你因为一件又一件倒霉事而煎熬时对前途感到的绝望。至少在今天，在我的这些展馆中，那些完成了的画作让人感到，它们好像存在于一个裂口之中，与仍然在发展的世界隔绝开来。

奥利弗出生之后两年，路易丝降生了。她像我一样拥有金色的头发，我们叫她小不点、小丫头、二小姐、威瑟尔和小威兹。与她的哥哥相比，她要随和得多，奥利弗现在正在学步，是个微型版的亚哈船长[1]：凶猛，执拗，不轻易服输。露易丝性格开朗，有趣，不会轻易把事情放在心上。事实证明，一个孩子的脾性就如同掷骰子，在我们认为是个性的东西中，有很多是奥利弗的本性。

以下是新的日常进程：我在短工作日大约7点到家，立即跪在地上与奥利弗玩火车。不知不觉间，晚餐已经做好并放到了桌子上，做这些的通常是塔拉，在此之前她已经把孩子们从日托中心接了回来，然后把小不点放到怀里喂奶。饭后我又回到地板上玩那个单调乏味、令人心烦的破火车游戏。上床时间是一系列僵持下的斗争。我们拼着老命给奥利弗洗澡，拼着老命把他按上床，拼着老命让他闭上眼睛，最后赢得了一场胜利，但我们永远无法确定是不是最后的胜利。与此同时，路易丝几乎从不离开母亲的怀抱，只有这样才能让她轻松愉快。等两个孩子最后都睡着了，我们又回去收拾房间，因为公寓里已经是一片混乱，有可能会让社会工作者认为这样的环境充满危险，会把孩子从我们身边带走。我们急急忙忙地清理，让状况略有改善，达到社会工作者们认为可以接受的最低标准，然后我们自己也去睡觉，但需要在一边留出空间，以防奥利

1　亚哈船长是一个虚构人物，是赫尔曼·梅尔维尔（Herman Melville）于1851年出版的题为《白鲸记》（Moby Dick）的小说中的主角之一，是一条捕鲸船的船长。

弗爬上我们的床，另一边也留出空间，以防小威兹开始哭闹。在这段时间，我的公休日是周一、周二、周三，也就是说，塔拉在周五（12个小时的班）、周六（同上）和周日基本上看不到我。她只好独自处理周末的一切。

我干这份工作已经7年多了，按照行规，没有什么情况是我无法应付的。在我的看管下，没有一件艺术品被损坏。没有一件杰作失踪。我取得了成功。我发现，在新生活中，我将在一个名为"成长"的过程中奋力拼搏。

我正在学习情感的变化，看看一个孩子可以怎样在前一秒钟还阳光灿烂，但下一秒钟已经电闪雷鸣，而成年人的行为也与此差别不大。例如，当我被分派去古希腊与罗马展厅值班时，我看着那些毫无表情的贵族半身雕像，心中想到，在严肃的面具背后，他们私下里不知何等荒谬可笑。我可以很容易地想象出一个画面，其中强健而又坚毅的卡拉卡拉皇帝[1]会像我母亲说的，像一个任性的孩子那样，"无缘无故地大为激动"。我也可以想象，他的眉眼舒展开来，因为他毫无理由地感到轻松、自信，为自己活着而高兴。回顾我在大都会艺术博物馆的最初几个月，对于我来说似乎非常不可思议的是，我可以连续几天保持一种静悄悄的、仔细观察的状态。我

---

1 罗马皇帝马尔库斯·奥列利乌斯·安托尼努斯（Marcus Aurelius Severus Antoninus Augustus，188—217），211—217年在位，小名卡拉卡拉。

认为，这说明悲伤具有独特的力量。现在，我每天都会面对一大堆会对自己产生影响的因素，很难想象一个人能够在这种状态下专注地生活。我与刚刚来到大都会艺术博物馆时不同，不再只想着一件事，而是有自己的生活要过。

2016年春季，路易丝刚刚开始学走路，此时大都会艺术博物馆开启了一次崭新的冒险。惠特尼美国艺术博物馆搬往市区，它的原址空了出来，而大都会艺术博物馆与它签订了一项租赁合同，将这栋建筑变成了自己的卫星分馆。换言之，当我们早上在分派办公室等待分配工作时，现在的鲍勃可以选择直接将我们分派到主建筑物之外：走过麦迪逊大道，来到第75街，大都会艺术博物馆布鲁尔分馆正在那里向困惑的路人宣告自己的存在。（马塞尔·布鲁尔是20世纪中叶这座地标建筑物的建筑师。）按照我们的标准，这是一个奇特有趣的工作地点，整个分馆可以由二三十个保安管理。与我们习惯的令人舒适的陈腐不同，它具有清晰的线条和现代主义的美学特征。对于一个在视觉与感觉上如此新奇的大都会艺术博物馆，公众也还没有习惯，所以展馆中充斥着一种好奇与探究的气氛，每一个人，无论是穿着制服的工作人员，还是来访的游客，都在尝试弄清楚情况。

一天上午，我在读报时看到，《纽约时报》以激烈的口吻抨击了布鲁尔分馆以"未完成的作品"为题的首秀展览，该展览是一次高概念展览，展出那些在完成之前便被放弃了的艺术品，或者那些在概念上声称仍在创作中的艺术品。我认为这是一个积极的信号。在大都会艺术博物馆，策展人不允许自己有太多失误，他们有太多次龟缩于安全的一面，而我对于参与这样一项最终可能一团糟的展览很兴奋，因为这是一次英勇的尝试。当被派往布鲁尔分馆时，我进入了一个别样的世界，在那里，历史和地理不是组织展品的原则。在不拘一格的创作者阵容中，招牌艺术家是布鲁日的扬·凡·艾克和芝加哥的克里·詹姆斯·马歇尔。还有一幅由阿尔布雷希特·丢勒创作的未完成画作《救世主蒙迪》，用墨水描成的基督的脸还未涂上颜料。还有一幅艾丽斯·尼尔为一位黑人越战应征兵画的肖像，在模特只来了一次就消失后宣告完成。保安们特别感兴趣的是一堆重达 79.4 千克的用彩色糖纸包装的糖果，游客们不但可以触摸，还可以带走；这本来是用来为艺术家费利克斯·冈萨雷斯-托里斯的伴侣创造肖像的，她因为罹患艾滋病而日渐消瘦。与肖像的主人公不一样，这座纪念碑的重量一直会得到补充。

《纽约时报》那篇文章批评的要点是什么我已经忘记了。我立即注意到，公众踊跃前来观看展览——它挠到了参观者头脑中博物馆通常任其休眠的那部分。一天下午，我看到了一个身穿 T 恤衫的游客，T 恤衫上印着"伊利诺伊州为娱乐腾出时间"。他看上去不是一位高雅文化的行家，却不知怎的来到这里，而且正在观看扬·凡·艾克的《圣芭芭拉》。显然，他的头脑受到了冲击，冲击他的不是艺术史问题或者神学问题，而是如下事实：这幅画作如同一个被打开的时钟，揭示了它内部的工作机理。像每个人一样，他为艺术家的手艺而惊叹，他几乎是在微观尺度上进行白描，而且轻柔地画出了地平线上开始出现的大气。他被深深地吸引了，他的思想走进了画作，吸引他的或许是任何杰出的艺术品最能引发共鸣的特质：这是一件完成得非常好的作品，而在这种情况下，这是一件非常好的作品。"真美，"他实事求是地大声说道，他的口吻就好像在称赞做得极好的浴室瓷砖或者厨房橱柜一样。"这是一件干得很好的工作"，好像这一终极赞誉是给某个承包商的："他们的工作干得真漂亮。"他大步走开了，去寻找下一个值得赞扬的目标，而我深受鼓舞。事实上，我感到很骄傲。我们都知道，认真、细致、耐心地创造某种事物，使其比它本应成为的样子更好意味着什么。我们都知道，真正做好任何事情有多么困难，需要多么艰辛的工作，在表面上的轻松自如后面隐藏了多少努力。我觉得，我感到骄傲是因为，尽管我们人类有许多缺点，但经常做一件事，就能创造出某种比它本应成为的样子更好的东西。

这是一次庞大的展览，结果，我虽然在开始时参观了两三次全馆，但竟然忽略了整个展览中最令我难忘的物品。在一个不在主参观路线上的展馆里有一块苹果木,它的一角烂掉了,表面有斑斑点点的虫洞。在它上面的一个很小的区域内,艺术家一丝不苟地精雕细刻,准备着有一天,印刷油墨可以涂抹在上面,在纸上留下擦不去的痕迹,创造出一份在商业上可行的产品:一幅木版印刷画。不知出于什么原因,雕刻家的工作被打断了,因此永远没有机会有条不紊地销毁那幅引导着他雕刻的底稿。因此,我们今天能够看到它:彼得·勃鲁盖尔亲手在木头上直接创作的图画。

这个新发现让我吓了一跳。亲眼看到古典大师留在腐朽的苹果木上的笔触,我感到毛骨悚然,这是一幅完成了的版画永远无法让我感受到的。他所描绘的画面的迷人和人情味正是我认为它应该具有的。这件作品题为《肮脏的新娘》,描绘了一些城市居民演出同名民俗剧的情景。一个戴着假鼻子的男人假装用一把刀和一把煤锹演奏音乐,而一位青年男子正在扮演新郎,即先知莫普索斯,他用手牵着那位已经失去童贞的新娘尼萨。这个故事的寓意是:"连莫普索斯都会与尼萨结婚,我们作为恋人,还有什么不可以期待的呢?"这是用另一种方式说:一切皆有可能。复活节前的大斋节[1]是一段阴郁的时期,而这出剧是在此前热烈的忏悔节庆典上演的,故事主旨是告诫人们在逆境中也应尽力做到最好,尽情欢乐。

1　大斋节也叫"齐斋节",是从圣灰星期三(Ash Wendesday)到复活节前的 40 天,基督徒们在此期间进行斋戒和忏悔。

但对我而言，这个惊喜是亲眼见到了大师的指纹，用点儿修辞来说，是他留在一个粗糙、畸形、不完美、远未完工的物品上的指纹。它让我想到，完成的艺术品具有一切表面的完美，从它们身上学习是不够的。我需要牢牢地记住完成这些艺术品所需要的艰苦劳动，仔细观察别人是如何创作的，这样做的一个很充分的理由是，我正在探索怎样自己创造一些东西。在我的人生中，我第一次真正感到自己好像在创造一些东西。在一个特别不优雅的、临时的过程中，我正在培养两个小小的人类；而我正在创造一个我希望他们在其中生活的小世界，这是一个无法完美或者完成的项目。

就大都会艺术博物馆布鲁尔分馆来说，它甚至没有存活到租赁期结束。由于高昂的费用与不稳定的游客量，仅仅 4 年之后，这一分馆便关门大吉。要想有所创新，即使是大都会艺术博物馆这样强有力的机构也必须进行试验，也会经历挫折。

ALL

THE

BEAUTY

IN

THE

WORLD

十二　　一 天 的 工 作

　　此后两年的另外两次展览也启发了我的想象力。其中一次很庞大，另一次则规模较小。一次展览中的主角或许是所有艺术领域最著名的人物，而另一次展览中的创作者们则没有什么名气，或许就连她们本人都不觉得自己是艺术家。一次展览把我们带到了16世纪的基督教世界的中心，而另一次则让我们注意到了20世纪美国亚拉巴马州乡村的一个黑人社区，那里算不上任何事物的中心，而只是当地居民重要的生活中心。然而，尽管这两次展览——米开朗琪罗的绘画艺术和吉斯本德绗缝艺术家们的作品——存在诸多差异，它们都在挑战我对于艺术和艺术创作的理解。同时，在这个经常抗拒我们的努力的世界中，它们也在真正地挑战我对于创作任何有价值的东西的理解。

　　如果你有办法凑近观察西斯廷教堂的天花板，如果你能和米开朗琪罗一样，站在高高的脚手架上抬头仰望，你就能清楚地看到，这位大师会在一天之内完成多少工作。每天早上，艺术家和他的助手们都要先为一块区域涂上湿灰泥作为基底，而这块区域需要在一天内完成，灰泥干掉之前要完成上色，如此一天完成的区域就是一个 *giornata*，这是一句意大利语，意思是"这一天的工作"，而整个天花板其实是所有这些形状不规则的小小成果组成的一幅镶嵌图，它们之间几乎看不到接缝。斜倚着身躯的亚当是由 4 个 *giornata* 组成的。舒展着身躯的上帝则由另外 4 个 *giornata* 组成。只要数一下，我们就能知道，在脚手架上，米开朗琪罗花费了大约 570 天，用他的灰浆抹子、画笔、一桶桶颜料、一袋袋沙子和石灰，完成了这个天花板的创作。

尽管大都会艺术博物馆的展览在规模上小于西斯廷教堂，但它使我能以最近的距离观察这位工作中的大师。这次展览荟萃了他在 70 年的艺术生涯中创作的 133 幅画作，其中大部分是他无意让他人观看的习作。这次展览的名称是"米开朗琪罗：神一般的绘图员与设计师"，但其效果显然让其中的主人公变成了凡人。它呈现了一个并没有将自己当成艺术史上的巨匠"米开朗琪罗"的平凡画家，因为他也沉浸在完成每一天工作的斗争之中。

一天早上，我很早就站在展品中央，而在第五大道上，一群人已经在不耐烦地等待进场。展馆里很暗，聚光灯在黑暗的背景下照亮了一幅幅画作。进入其中一幅画的领地，就像是踏入了一个低声细语的隐秘世界。我走近其中一幅画作，透过十几岁的米开朗琪罗的眼睛观察它，如同透过更年长的古典大师画家马萨乔的眼睛观察画作。米开朗琪罗曾用红垩颜料、钢笔和棕色的墨水临摹马萨乔的湿壁画《圣彼得》。当米开朗琪罗最早开始这样做的时候，父亲为此狠狠地揍了他一顿。博纳罗蒂家族虽然败落了，但仍旧是贵族，看到自己的儿子动手干活，洛多维科感到心中刺痛。看着这幅画上整齐细密的双向影线，我认为，洛多维科在一件事情上是正确的。即，绘画是一种手工劳动：是重复、单调的体力活。当然需要高超的技艺，但仍然是卑贱的劳动，没有捷径可走，除了一笔一笔地作画之外，别无其他途径可以完成。

我在观察一位少年艺术家正在工作的手，同时意识到，他的心也在工作。在完成了对马萨乔画作的临摹（其中包含着微妙的修改）之后，米开朗琪罗重新画出了彼得伸出的那只手，这次他让手转动了90度角，以便看看从上面观察会是什么样子。这似乎是观念上的一次引人注目的飞跃，但没有那么大，因为我想起他当时正在接受雕塑训练（而且确实，他后来在不得不用其他手段表现艺术时会心怀怨恨）。说到三维，这幅画作的画框设计让我可以绕着它的底座观看其背后，我发现他在那里画了另外一只手，这只手被剥去了皮肤和肌肉，是一只仅剩下骨骼的手，令人感到毛骨悚然。或许他用自己的眼睛解剖了圣彼得。或者，他可能只是重新利用了这张纸（人们当时很少浪费纸张），不过他在佛罗伦萨的圣斯皮里托医院里真的解剖过一具尸体。无论是哪种情况，我长时间地看着自己的手，赞叹着那位少年艺术家为自己制订的计划的规模。他希望何等准确、何等深刻地观察事物啊！

独自一人在清晨的展馆中走过，那里也陈列着米开朗琪罗的老师们的作品，这让我想到了艺术创作过程中的一个基本事实：画出这个世界不是一件容易的事情。安全的途径是模仿他人已经被证实可行的公式，它们让创作变得不那么复杂。危险的途径则是突破你目力的极限，努力发明让你的笔跟上你的头脑的方法。米开朗琪罗爱上了一切主题中或许要求最高的那一个：由 600 块肌肉和 200 多块骨头组成的人体。在这些展馆中，他依靠自己的眼睛、手和头脑，学习如何让它动起来。

当 10 点钟博物馆开放的时候，我从佛罗伦萨轮转到了罗马。跳过了他早期的职业成功时期，走进了西斯廷教堂，或者不如说，一个被布置得令人想起西斯廷教堂的展馆，工作人员在头顶重现了那座教堂巨大的天花板。几分钟之后，我被一群涌入展馆的崇拜者淹没了，他们走过悬挂在展馆边缘的画作，举起照相机，对准上方拍照。我轻轻地笑了，因为就在几米开外，有一幅信手涂鸦而成的米开朗琪罗画像，他手中握着的画笔指向上方。在这幅自画像中，他的头向后仰起 90 度，胳膊沿着 12 点钟的方向上举，他至少曾在 570 天内保持着这个姿势。除了这幅涂鸦，他还写下了一首十四行诗，抱怨自己的脊柱、臀部、洒满了颜料的脸，以及"脑壳"里面大脑的状态。这首诗的结尾是一行可怜巴巴的文字，可能会让展馆中我身边那些幸福地沉浸于艺术观赏的人们感到吃惊：

我的状况不好。我根本不是个画家。

想起这行诗，我又一次轻轻地笑了。我喜欢听到大师们缺乏自信的话语，我想，它们很可能会让我们中大多数人觉得心有戚戚焉。自从展览开始以来，我就一直在疯狂地阅读米开朗琪罗的那些古怪而又绝望的信件。

我在浪费时间，一无所成……上帝啊，拯救我吧！

我头脑中总是冒出来这行字。的确，他最早的几十个 *giornata* 是凄惨的失败，因为灰泥涂抹得不合适而被糟蹋了，这属于业余错误。他恳求教皇允许他放弃。他似乎丝毫没有陶醉于这项令人敬畏的庄严使命。

然而，在说了许多次"对不起"之后，我绕过展馆边缘，走过去观赏大都会艺术博物馆馆藏中最著名的画作，也是这次展览特别强调的展品。因为它对光敏感，所以在当保安的这些年，我只在另一个场合见它展出过一次。当不在脚手架上时，米开朗琪罗回到了画板旁边作画。这幅用红垩颜料画成的画是他曾经画出的几千幅画之一。我正看着一个名叫利比亚·西比尔的人物，但我真正看到的是一位在米开朗琪罗的工作室里摆出奇异姿势的模特，一位裸体男模特，或许是个学生或者助手。（叫西比尔这个名字的人本来应该是一位女性，但米开朗琪罗通常感兴趣的是男性的身体。）他命令这位青年男子摆出很难摆出的螺旋状的开瓶器姿势；考虑到他本人对于人体工程学缺乏了解，我不知道他对抽筋的人是否有同情心。我自己试着摆出这样一个造型，但接着便觉得不自在，于是假装我在做一个伸展动作。随后，我又靠得更近了些。

考虑到我所知道的米开朗琪罗的不满情绪，当时他怎么可能画出如此美丽的一幅作品？它一方面灵性十足，另一方面让人感到他无比勤勉；他有条不紊地尽力展现模特背上和胳膊上的每一块肌肉。米开朗琪罗负责画出整个天花板上的大约430个人物。然而在这里，他发现自己对这位模特的脚如此感兴趣，他画出了大脚趾踩着地面的三种不同的方式，并想办法将它们都表现得如此美丽。纸上没有任何生硬的痕迹。每一笔都显示了能量、野心，以及对于这份艰难任务的投入。显然，米开朗琪罗是那种人中的一个，他们能够在一张空白纸前坐下，忘记一切麻烦，全身心地投入眼前的工作，把苦涩的抱怨留待以后。我觉得，要完成困难的工作，这说不

定就是最好的方法。

　　4 年后，整个天花板全部完成，正如当时的某人所说的那样，"全世界的人都将闻风而至，赶来参观"，这时，米开朗琪罗只说了这样一句话："我完成了我负责绘画的那座教堂，教皇非常满意。"他在给父亲的信里这样写道。然后他又补充道："别的事情不像我希望的那样发展。我认为这是当今时代的问题，它很不喜欢我的艺术。"

　　今天，我们称那个"很不喜欢他的艺术的时代"为文艺复兴全盛期。

　　另外一天，我被分配到预备队，负责巡逻长期展出的米开朗琪罗艺术生涯后期的作品。他活到了近 89 岁，是当时非常少见的寿星，尽管他在几十年间都以为自己很快会走进死神的宫殿。即便如此，他也从来没有逐步减少自己的工作。他断断续续地花了 40 年时间，为教皇尤利乌斯二世修建陵墓，一直在请求对方付款，并经常因为修建计划发生改变而困扰。展览的前一半展出了这座陵墓的一张"示意图"，米开朗琪罗再看到它一定会感到心痛：他完成的雕塑还不到原计划的 1/3。他的个人生活也未曾稳定下来。57 岁的时候，他爱上了一位 23 岁的贵族，送给他一些画作为礼物，它们是这次展出的展品的一部分。在此之前几年，他的一位兄弟在 1528

年的瘟疫中丧生；他接过了照顾 3 个幼年侄女的责任，其中最小的那个也去世了。如果这还不够的话，当时有一支敌人的军队正在逼近佛罗伦萨。

"就我所知，"我对一位向我提出问题的游客说，"我们正在观赏的这幅画，是米开朗琪罗为加强佛罗伦萨的防守而画的图纸。那些看上去如同螃蟹的结构是迎击敌方炮火的棱堡和防御土墙。他不仅画出了图纸，还应征管理一大批工人，其中一些人正是和他一起雕琢大理石的人，他们正在为自己的生命安全修建工事。"

那位游客告诉我，他是一个"军迷"，我于是竭尽全力回忆有关这次入侵的细节。（我读过有关资料。）"我记得，这支军队与神圣罗马结盟，想要让美第奇家族重掌大权。米开朗琪罗的防御设计没有被攻破，但最终还是于事无补。敌人围困了佛罗伦萨，城中绝粮，只好投降。"

这位军迷又和我一起花了 20 秒钟研究另一幅画作，它必定是几个星期的野外作业的成果（画上有关于周围景物的说明），然后他又继续参观了。大部分游客大约会参观一个小时，然后觉得自己看完了这一展览，尽管它们是米开朗琪罗历时 70 年完成的作品。我并不是批评他们，但我深知这位巨匠的脾性；可以想象，他会因此感到烦恼。这些战争图纸花费了他几百个工作日，而对于我们来说，它们只不过是小小的余兴节目而已。

在一次轮换之后，我负责的展厅展出的是米开朗琪罗老年时代的作品，哪怕按照今天的标准，到了这个年龄也算步入老年了。根据他写的诗歌判断，他并不真的乐意接受变老：

> 什么样的锉刀在不停地啃咬／让这张老皮收缩、磨损到如此地步，／我可怜的衰弱灵魂？

在 70 多岁的时候，他被任命为罗马圣彼得大教堂的首席建筑师。按照他的朋友乔治·瓦萨里的说法，他对此也不高兴，因为获得这项荣誉"让他极为沮丧，完全违背了他自己的意愿"。这实际上是让他负责一个最为棘手、最为丑陋的项目。他不仅必须在梵蒂冈的政治旋涡中艰难地挣扎，同时还受到之前两位建筑师的工作的束缚。修建圣彼得大教堂将用去他剩余的 17 年生命。

我看着一张大约 30 厘米长、30 厘米宽的纸，他在这张纸上构思了这座大教堂的巨大圆顶的形状。这个圆顶将高耸于罗马城之上，似乎是一项超人的任务，而这也是米开朗琪罗的名字听起来如同超人的原因之一。在这张不起眼的纸上，他徒手画出了一些彩虹状图案，试图找出一个他喜欢的曲线。无论地位多么崇高，他也没有抛弃这种孩子气的练习。

我离开了这座圆顶，去寻找与他另一个最后项目有关的东西，那是一座圣母怜子雕像，在他去世时尚未完成。在一张纸上有 5 幅习作，是一位耄耋老人用一只颤抖的手画成的。这是几幅小小的图画，热烈、诚挚，但它们毫不知晓，自己是由世界上最著名的艺术家创作的。（即使在他 80 多岁的时候，米开朗琪罗还会因为造成了圣彼得大教堂工程拖延的一次失误而责怪自己，他写道：如果有人能够因为羞愧与伤心而死，那我现在就已经死了。）其中两幅与他最后创作的那座大理石雕像很相像，死去的基督的身体与地面垂直，他的母亲支撑着他沉重的躯体。米开朗琪罗最先雕出了一具壮实、肌肉强健的基督躯体，但他继续雕琢，让这具躯体逐渐消瘦，直到它看上去羸弱、萎缩，很奇怪地像一座现代表现主义雕塑。他在 15 世纪 90 年代创作的圣母怜子像技艺精湛，表现了更痛苦、更私人的情感。

我再次看着那些速写，它们表达了爱意、怜悯和疲惫。我想到了一位低头面对一张白纸的老人，他尽力让自己的手满足自己的头脑与心提出的要求。让米开朗琪罗之所以为米开朗琪罗的，是下一步。在完成习作之后，他起身工作，把自己的想法变为实物。就在他去世前几天，他还用锤子敲打着凿子，雕琢着顽固的大理石。

下一个展览悄悄地来临了。米开朗琪罗的作品在大都会艺术博物馆展出时，第五大道挂起了宣传横幅，但直到我被派到现代与当

英国阿什莫利博物馆提供

代艺术展厅守卫一个小型展览之前，我都没有听到有多少人说起"吉斯本德[1]"这个词。10 条被面悬挂在宽敞的画廊的墙上，它们是 8 位绗缝艺术家的作品，其中 4 位有相同的姓：佩特威。"这是什么？"我压低了声音悄悄地问，当我从一条令人头晕目眩的被面走向另一条时，我感到心跳加快。大胆对照的颜色，不对称的图案，粗糙而且有些磨损的材料，看得见的针脚把它们缝在一起……第一天在这个展览值班时，这是我能够从这些被面上看到的一切，但我的心跳告诉我，它们十分美丽。

在后来的几周里，我知道了有关这些绗缝艺术家的一切。我阅读了一些记者在亚拉巴马州吉斯本德的采访，记录了他们与几十位绗缝被面的妇女的交谈，其中说到了她们的工作和生活。在这些采访中，她们频繁地提到"艰难"这个词，就像歌曲中的副歌。"我们成长得很艰难……""时局很艰难……""我们一路走来很艰难……""天哪，我们的工作很艰难……""不容易。很艰难。"露西·T. 佩特威是在这次展览中有作品展出的艺术家之一。当她还是孩子的时候，只有每年从 11 月末到 3 月末去上学，在其他的日子里，她需要"敲棉秆，剪灌木，清理新开垦的土地，做好犁地和播种的准备"。实际上，她和所有这些妇女一样，一家人都是佃

1　一处位于美国亚拉巴马州郊外的黑人社区。

农。但露西也会把别的活儿带到田间。她每天都带几块做被面的碎布料，利用午休时间把它们缝起来。她希望能缝完"大约 1 大块"（许多被面都是由 9 大块拼成的）。这就是露西·T 一天的工作。

这次展览中唯一的一条带画的被面，是她于 1955 年缝制的，描绘了吉斯本德的风光。在展品的一面有一条蓝色条纹，代表亚拉巴马河，它从两条红色织物之间流过，那是它的泥土河岸。在另一面，她用有图案的印花棉布代表棉田。被面的其余部分由同心的正方形大块组成，但这种"屋顶"式风格可以在图案与颜色上有不同的变化。我们在这里看到的是真正的屋顶，是 1 所大房子和 4 所小房子的俯瞰图。如果能够进一步向外扩展，我们就能看到，河流在这里出现了一个马蹄形的急转弯，从三面包围了"吉斯本德"，将它与更广阔的世界分割开来。如果能够距离更近地观看佩特威描绘的这些房屋，我们对这个区域的历史会有更清楚的感觉。最大的那所房子是老佩特威种植园中的奴隶主"大屋"，而那 4 所较小的房子是奴隶们的住处。

第一个来到这个地区的姓佩特威的人是马克·H. 佩特威，他于 1845 年从约瑟夫·吉的遗产继承人手中买下了一座棉花种植园。接收这座种植园时，他一同接收的还有作为财产的 47 个奴隶，他从自己在北卡罗来纳州的家里又带来了另外 100 人，他们步行来到这里。做被子的佩特威家族是奴隶的后裔，他们被赐予了佩特威这个姓，但在当地的方言中，它被赋予了新的音调：当地人把它读作"Pett-a-way"（派特－阿－威）。

在研究这一展览时，我在展品标签上读到了"自学"字样。这是艺术界的行话，被用来代替"民间艺术"这个术语。这种选择很奇怪，因为它与这些词的字面意义没什么关系。据我所知，所有这些绗缝作品的创作者都不是自学成才的。露西·T.佩特威是从她的母亲和姑奶奶那里学到的，后者又是从更年长的妇女那里学到的，这种传统早于黑奴解放，很可能与西非的纺织工艺有关。她也从她的同行姐妹那里学习。她与她们竞争，也从她们那里偷艺。与米开朗琪罗的佛罗伦萨一样，吉斯本德的艺术家比例特别高。

而且，绗缝被面也是一种不同寻常的公众艺术。"当春天到来的时候，"克里奥拉·佩特威解释道，妇女们就得"把被子拿出去晒，把它们晾在绳子上……"露西·T"有时候晒15床被子，有时候晒20床。有时候还更多。人们会过来看，有时候他们看得入迷，结果掉到了沟里！"在她年轻些的时候，她会步行去看被面，拿着铅笔和纸张在乡间邻里走动，把大师们的杰作抄下来——"根据看到的被面画出花样，然后缝出自己的被面"。

展览中展出的最早的被面可能来自她画的草图。20世纪30年代中期，玛丽·伊丽莎白·肯尼迪也曾把这条被面晾在外面晒太阳。我试着想象它在微风中飘荡的样子。它由各种白色、浅蓝色和蓝绿色色调的布料缝制而成。我过去不知道白色也可以有色调，但她利用回收的布料展现了这一点，它们或许只不过是一条条的旧布料，被日光漂白，或者是在田地里干活时被穿旧了。这些都是现实生活中的颜色，不是美术用品。从结构上说，这条被面仿照"屋顶"风格，由 9 个同心正方形组成。但其中的底层结构完全被图案遮掩了，这些图案突破了组成它们的纯色色块，蓬勃的能量在被面上肆意伸展；它们如同像素化的闪电，在蓝色的背景中滋滋作响。

挂在大都会艺术博物馆的当代艺术展厅中，它看上去狂野、大胆、奔放。我只能想象它在一间通风良好的原木小屋里，盖在某一个孩子身上的样子。20 世纪 30 年代是吉斯本德的荒年。随着大萧条期间棉花价格的暴跌，没有几个人付得起那些不住在当地的白人地主的租金。讨债者开展了一次合作突袭，抢走了农具、牲畜、家庭用品，农民们只好跑到森林里采集食物和燃料。就在这一切发生的时候，肯尼迪绗缝了那条被面。我不知道她是否使用了同样的词语，但我觉得它似乎就是艺术的真正定义：艺术是某种比它本身应该有的更美丽的东西。

在这个展览中，我最喜欢的艺术家是洛蕾塔·佩特威，唯一一位有不止一件作品参展的绗缝师。洛蕾塔生于 1942 年，至今仍然健在。在她成长的时代，所谓的"罗斯福房屋"在吉斯本德星罗棋布，这是罗斯福总统的"新政"努力扶持深受打击的社区的成果。

由于能够得到信贷而且有买房的机会，肯尼迪一家没有像其他南方黑人那样移民城镇，这是绗缝传统工艺的一大福音。尽管如此，贫穷依旧，洛蕾塔·佩特威的成长过程尤其艰难。"我从来没有童年生活。"她告诉一位采访者。说到她的丈夫，一个虐待妻小的酒徒兼赌徒时，她也同样直言不讳："他有好多坏习惯。我什么坏习惯也没有。没钱，养不起坏习惯。"这一采访最让人震惊的是，她"不喜欢绗缝"。如同在她之前的米开朗琪罗，她并不讳言她与自己手艺之间的矛盾，以及她在责任的重压下的呻吟。她有一所"破破烂烂的旧房子"，她的孩子们睡在玉米皮床垫上，如果没有被子，这是无法忍受的。同为绗缝作品创作者的海伦·麦克劳德告诉了我们绗缝被面的需求量。"我家里必须有 6 张床，"她回忆道，"当时，一张床上睡两个孩子，根据天气好坏，有时候一张床需要四五条被子。"许多妇女在一起缝被面，在工作时一边聊天一边唱教会歌曲。但洛蕾塔自己一个人干活。她深受抑郁症和失眠症的困扰，她说自己"没有朋友"。

"我别无选择，因为我请别人给我缝被面，她们不肯，所以我说，我要用我知道的最好的方法缝被面，然后盖上自己缝的被面。我觉得这些被面会让我和我的孩子们暖和，它们确实做到了。"

一个周日的下午，我站在自己有生以来看到的最美丽的一条被面前，想到了它的制作者。在这个博物馆中，我通常想到的是去世多年的艺术家，所以这是一个令人高兴的转变。我可以猜到洛蕾塔·佩特威现在在哪儿：当然是在吉斯本德（她从来没有出去旅行过，哪怕像这类展览会出资邀请），也可能是在普莱森特格罗夫浸信教会。我喜爱的那条被面是 1965 年制成的，同年，在一场艰苦的、危险的投票权运动中，马丁·路德·金在普莱森特格罗夫发表演讲。吉斯本德的轮渡是其与附近社区联系的重要方式，它因为当地居民的这些行动而被报复性切断，至今尚未恢复。我可以将这件艺术品视为一幅抽象画；它和任何现代主义绘画一样简朴、令人震撼。但我不会这样做；它是一条被面，而我因为多种原因喜欢它：它的历史、它的实用价值、它的美丽和质地。我可以尽可能地靠近它。它轻轻飘荡着，在墙上投下了影子。我的心中出现了洛蕾塔正在绗缝她的织物的图像，这些织物就如同她所说的那样，只不过是些"旧衬衫和连衣裙的下半截，还有裤腿"，任何"没有完全破烂的东西，比如裤腿后面那部分"。或许，她需要在开始之前把各个部分的位置都安排好。更有可能的是，她会边做边决定，即在将艺术品需要的全部材料都缝制到一起的过程中，她看到的只是这一天需要完成的任务。

　　向后退了几步，我看着一条由竖直条纹组成的被面，或许可以把这些条纹叫"栅条"，它们的宽度大约与我的手相仿，几乎无法察觉地呈波纹状。左右两边是深蓝色的劳动布；大部分栅条都是淡紫色；但其中两个栅条是白色纤维制成的，位置相当靠近，但相互没有接触，它们是这条被面的核心特色，尽管位置多少偏离了中心。这件作品叫《懒丫头栅栏》。我的目光水平地扫过这些栅条，想象着自己正在按下钢琴的琴键。当用这种方式观赏时，我看到了一系列快速的变动，但被一条条缝线隔开。然后，我让自己的目光缓慢地移动，慵懒地沿着长条纹向下，我找不到适合形容它的语言，但我被这些长条纹震惊了。颜色较浅的那一对栅条就像光柱状的天使，欢快地舒展开来。我被这条被面的几何形状感动，也被它的瑕疵感动：略显飘散的线条，快速而又不拘小节的针脚，还有即兴发挥的材料。它具有许多最鼓舞人心的艺术特质，包括勤勉与启迪。

我在心中默默想道：我在这里学到了一课；大都会艺术博物馆是一个非常国际化的机构，在这样的机构中学到这样一课，未免令人觉得有些好笑。但意义总是在某时某地被创造的。最伟大的艺术是由受到环境制约的人创造的，他们通过点点滴滴的努力，创作了某种美丽、有用、真实的东西。米开朗琪罗的佛罗伦萨，甚至米开朗琪罗的罗马，在这种意义上都与洛蕾塔·佩特威的吉斯本德非常相似。我将尝试不再想"文艺复兴全盛期"之类的词汇。我会去想一个人，他在天花板上涂抹着一小块灰泥，然后在上面作画，再涂抹一小块灰泥，接着又继续作画……

ALL

THE

BEAUTY

IN

THE

WORLD

十三　　多多益善

我发现，人生是漫长的。如果你年纪轻轻就去世了，那你的人生不算长。但如果你年轻的时候没死，你就会处于一种奇怪的境地，你会想着自己已经完全长大了，然而后面还有几十年时间，50年，60年，或许70年，你需要一步步走过去。当汤姆去世时，我走向大都会艺术博物馆，那时很容易会将成年时期看作一种最终状态而非一段旅程，认为成长与变化在这时逐步结束。现在，我的年龄已经超过了我哥哥去世时的年龄了，这让我觉得奇怪，觉得不自然，就好像自己长得比童年时代爬过的树还高一样。但现在我也有了足够的眼界，能够看到我的人生将继续延展，越过当前的地平线。它将会摇晃着、磨蹭着、跌跌撞撞地向前，而我最好掌握它的方向。简言之，我逐渐认识到，我的人生将由一个个篇章组成，这让我想到，我是否可以结束当前的这一篇章。

吉斯本德的展览在 2018 年秋结束。大约在同一时期，我开始在早上通勤之前带着奥利弗走路去幼儿园，这时塔拉带着路易丝去日托，我大部分工资也花在这上面。我最后总算不必星期天上班了，但我很可能永远不会有正常的周末，只有老前辈中年龄最大的那批人才有。我也没有足够的资历，没法把我的几周假期安排在夏天，与家中其他遵循公立学校日程安排的成员凑到一起。（至于圣诞节那一周？想都别想。）当我在周六夜里大约 10 点 45 分筋疲力尽地回到家里时，通常看到的是：妻子和两个孩子正在床上呼呼大睡。这很温馨，但我有些厌倦了。

但我仍然能在站着值班时找到欢乐。这仍然是一个几乎完美的工作，尽管我或许已经不再需要完美了。我过去觉得，我生活中的主要事务就是在这些展馆中执勤，而且我也很享受这种令人沉思的宁静。但这些天，我的思绪飘到了博物馆的墙外，我的头脑和四肢都因为坐立不宁而抽搐。我不再需要如此原始的环境。我没有必要站在远离中心的边缘，充当一个静悄悄的看守者。我眼看着在展馆里的父母和孩子们，心中盘算着一切可以让我带着自己的孩子们游览这个大城市和广大的世界的计划。前景令人激动，但同样也令人畏惧。老实说，让我们的公寓保持整洁这件事我仍然拙于应付，但我也希望自己能在参与外界的更多事务时变得更坚强，更勇敢。

整个秋天和冬天，我心里一直在斗争：是否应该对这身深蓝色的保安制服说声再见？最近鲍勃一直派我到古典大师展厅执勤，所以我在勃鲁盖尔、提香和其他老朋友面前考虑着这个问题。当然，我不会回去干办公室工作，我已经被娇惯得太厉害了。我需要一份能够让我脚踏实地的工作。我接受了一家导游公司的电话面试，安排在某天下午三点的休息时间。挂了电话之后，我拨通了塔拉的电话："猜猜看，是谁要带着人在下曼哈顿区参观游览啦？"

那只是一份兼职工作，并不是在我想象中可以今后干一辈子的职业。但人生还很长，那是一种能够让我真正探索的方式，带领一群人，而不是在角落里旁观。当我在春天开始新工作的日期临近的时候，我意识到自己对于研究、策划与执行我的导游生涯何等兴奋。我要说出一些话。我要做一些属于我自己的事情。

这是我当保安的最后一天，我被派到了 B 展馆主管的办公桌前，那里是一间俯瞰大厅的包厢。走近包厢之后，我看到了如下场景。头顶上有三个碟形圆顶，每个都大得足以成为一座大教堂的屋顶。下面有我的两位同事，他们在空荡荡的巨大楼层上转动铁支杆。在我身后，盖乌斯·马略将军正在蒂耶波洛昂贵的画布上向公众展示被俘的朱古达王。当我转过拐角时，古典大师展厅的保安们正站成一排，等待分配岗位。

"库尔蒂，第三队，第一班午休！"主管苏顿发布命令，"麦克米伦替补第二队！彼得罗夫，你是第二班？那你可迟到了……给分派办公室的鲍勃打电话。魏斯哈尔，去展览会，第一班午休！"

这是我最后一次听到有人用这种语言说话，但我有一种感觉，那就是，直到我死的那天，我还能够流利地用这种方式与人交流。当轮到我的时候，主管的话让我有些失落。"布林利，听着，这是你的最后一天！我不会让你固定在哪个岗位上。在各展馆里逛逛，向它们说再见，但是，如果你想干点儿活，那就在你的朋友们需要上厕所的时候替他们的班。祝你好运，布林利先生。下一位！"

我设法在没人注意的情况下溜进了队伍，但一转身就被人发现了。祝我好运的人们跟我握手，拍着我的背，刨根问底地打听我下一份工作干什么。我告诉他们，我以后带人徒步观光。我承认那家公司没有工会，但我觉得自己得到的小费会比帮助游客寄存大衣时多。

阿里先生说："干得不错，小伙子，你的脑袋到现在还没秃顶呢。"这句话似乎说出了每个同事的心声。

但我不允许任何人认真地向我说再见。"说真的，我不当员工也可以来这里。"我提醒他们。他们承认，人们有时候真的会不为报酬，来到大都会艺术博物馆。令人高兴的是，这里是我很快就会告别的工作地点，它的性质决定了，它会允许任何人进入，并且在里面自由自在地走动。而当我来访的时候，我知道会在什么地方找到我的朋友们：他们醒目地站在人群之外。

没过多久，每个人都走上了自己的工作岗位，但这是除我之外的每个人。这是一种陌生的感觉，我在栏杆上靠了一小会儿，俯视着大厅。我专注地听着只有几个嗓音在这个石灰石砌成的空间内回响。我看到露西和艾米莉正在准备工作台，她们一边闲聊，一边把手指塞进乳胶手套里。放眼看去，这一天和平时没什么两样。我在想，从我第一天来这里到现在，有哪些事情变了，哪些事情没有变。阿达现在已经退休了。特洛伊也退休了。检查大衣的头号专家兰迪已经去世了，约翰尼·纽扣也去世了。博物馆的几个展厅重新装修了。又增添了数以百计的新藏品。但总的来说，跨越50个世纪的艺术品的年龄只不过增加了10岁。如果你觉得大都会艺术博物馆看上去有所不同，这经常是因为观察者本身有所改变。

10点钟，当保安们打开门的时候，我决定四处走动一番。对于一个保安，没有固定的岗位是件新鲜事。我沿着楼梯走了下去，避开头一批早早到访的游客。我看到了一位性急的观光客，他已经准备好了照相机；我也看到了满怀敬畏的艺术爱好者，他犹豫着不知该从哪里开始；还有困惑的初次造访者，兴奋地想去看恐龙化石或者宪法，或者不知道自己到底想看什么，所以希望一位友好的保安能够为他解惑。我绕过售票处，走进了古希腊雕像馆，然后走进了陈列着古代彩绘陶器的侧厅。我很喜欢把它作为我最后一次巡逻的起点：它们是泥土造的，在火里煅烧过，某位在户外工作的无名氏在它们身上画了图案，此人养山羊，也许认识苏格拉底。它们是不起眼的容器，盛放着某户人家的油和酒，但有足够的空间容纳生命、死亡和那些神灵降临的场景。

经过了巨大的萨迪斯石柱，我又一次穿过古罗马庭院，仍然无法区分那么多雕刻在大理石上和冲压在硬币上的皇帝。那些半身像吸引了我的注意，其实，古罗马人凸凹分明的头部与我的那些在它们中间巡逻的同事的头部也没有多大的不同。我和同事们打招呼。我说："你好，罗尼。""你好，派克女士。"

向右转，我离开了古典世界，走进了大洋洲的涌浪……木鼓、图腾柱、十人独木舟，还有包成一卷的 6 万根红色羽毛，在这些偏远小岛中，有一座岛屿就用它们作为货币。哪怕我 1000 次回到这样一间展厅，里面的展品我也看不厌。但它也让我想到，在博物馆之外，我看过的世界是多么少之又少。

再次右转，我穿过了欧洲雕塑和装饰艺术馆，珀尔修斯在那里高高举起美杜莎的头。刚刚说到砍下的头颅，我接着便穿过了法国旧秩序时代的展厅，每个展厅都让我越来越多地嗅到了断头台的气息。走过这些镀金的展品和华丽的服饰之后，我进入了瘟疫与宗教的时代，那里是如同大教堂般的中世纪庭院。它还像过去那样庄严，但我同时也感觉到了一种熟悉的气氛：我看到一位 A 展馆的同事正在岗位上打哈欠。走进第一班的 B 站位时，我被科林斯女士叫住了。她显然还不知道我要走了，想要介绍我认识一位她不久前训练过的保安。我说了"你好"，并对那位女青年表示欢迎，除此之外没多说些什么。我会再次见到她们俩的。

当我稳步向前，走进武器与盔甲展厅时，我的手机嗡嗡作响。这是约瑟夫发来的短信，简单地写着"凡·高"。"收到。"我转身找到了通往现代艺术展厅的电梯，习惯性地为了保护腿脚避免爬楼梯。电梯把我带到二楼，我在毕加索处左拐，然后在塞尚处右拐，接着停下来，看到约瑟夫以经典的姿势靠在一根门柱上沉思不语。包围着约瑟夫的，是这座博物馆收藏的凡·高全部作品中的大约一半。作品的内容有向日葵，有夹竹桃，有栽种在一个简单的白罐子里的鸢尾花，有正在削土豆的农夫、咖啡馆主吉努夫人，还有跪在地上鼓励他的女儿迈出第一步的农夫。最后是那位长期遭受病痛折磨的红胡子艺术家本人，他眼神清澈，戴着一顶大草帽，被迫与游客们一起拍自拍照。

"嘿，你在这里，你想办点私事吗？"我说，当我大踏步走过来时吓了约瑟夫一跳。他笑了。"办点私事"是我们的用语，指的是到厕所里休息10分钟。

"谢谢，不想！"

结果，我们站在《夹竹桃》旁，漫无边际地聊着美国职业篮球联赛季后赛，聊着一本约瑟夫极力推荐我读的司汤达的小说，聊着他刚刚诞生不久的孙子，聊着路易丝即将到来的3岁生日聚会，还有对于时光飞逝的感叹。我深深地知道，离开了这座博物馆之后，我很难在我进入的那个世界中找到这样一位好朋友，他在世界的另一边出生，而且年龄是我的两倍。在大都会艺术博物馆的保安中，这种情况并不很特别。我不会想念约瑟夫，因为我总会想办法和他见面，但我会想念这些见面。我会想念与同事们之间的这些谈话，我们这些手头只有大把时间的保安之间的聊天，这种聊天几乎每天都有，无关紧要，亲切，只是消磨时间。"是无所事事的时候整天都做的事。"我们有时候在开玩笑时这样说。

15 分钟后，约瑟夫转向我说："你知道吗？我想我得去办点私事了。"在我的鼓励下，他把我留在他的岗位上。我也会想念这样的事情的。当然，我也会回来看凡·高的作品，但当我这样做的时候，我不会去警惕地注视着游客们禁不住想要触摸画作的手，也不会再有谁问我某幅画作是不是真的，更不会有哪位陌生人向我走来，结结巴巴地对我（一个满怀同情的倾听者）讲述自己心中的感受。我来的时候会是一位游客，可以随意走开，去往下一间展厅，不大可能在那里徘徊 8 个小时或者 12 个小时。

我有生以来读过的有关艺术最感人的文字，是文森特·凡·高于 1884 年访问阿姆斯特丹国立博物馆的叙述。显然，他是那种经常会让陪同他参观的人慢下来的访客之一，而陪同他的是他的朋友，艺术家安东·克斯麦克斯。克斯麦克斯写道：

他在伦勃朗的《犹太新娘》前停留的时间最长。

我无法让他从那里走开；他走到那里，惬意地坐下，这时我继续去看其他的展品。"你回来的时候我肯定还会在这里。"他告诉我。

我过了好长时间之后回来了。当我问他我们是不是该往前走了的时候，他很吃惊地看着我说："我不知道你会不会相信，但我说的每一个字都是真的：如果可以在这幅画前坐两个星期，只吃一点儿干面包皮，哪怕少活 10 年我也很乐意。"最后他还是站起来了。"好吧，别介意，"他说，"我们没法永远待在这儿，对吧？"

是的，我想我们谁都没法永远待在这儿。这样的时刻予人慰藉，令人振作；它们是纯粹的。当看着文森特的《鸢尾花》时，我觉得他渴望永远生活在充满活力的简朴之中，逃脱他的贫穷和心魔。但转过身来，直面眼前的时候终于来了。文森特的故事令人伤心，因为上天没有赋予他处理生活问题的能力。我比他走运，我对此的感恩之情无以言表。我想，我将拥有一个幸福的生活。

而且，现在约瑟夫回来了，我们开始兴奋地谈论我和他的未来，这时我更是这样想。"我还会在这里干 4 年，"他确定无疑地说，"然后就退休，到我最喜欢的地方住，去加纳，我母亲的村子。

我在那里干什么呢？我早上醒来，看看那些渔民的收获。如果他们打到了好多鱼，我就把鱼买下来，如果没有，我当然就没啥可买的了。你知道 G 展馆里，温斯洛·霍默画的那幅躺在木筏上的黑人吧？他周围有鲨鱼，远处出现了暴风雨，但他已经见过了最坏的情况，所以就这样放松地躺着"——约瑟夫摆出类似的姿势——"那就是我。我已经好久不做什么有风险的事情了。是啊，是这样，是这样的。但是你，我的小朋友，我的顾家好男人，你要走出去，挣亿万家财。而如果你做不到，谁又会在意？看看你那两个可爱的孩子！你已经干得很不错了！当奥利到了 12 岁，小不点儿到了 10 岁的时候，你到加纳来看我。"

在那天剩下的许多时间里，我和刚好碰到的所有人聊天。我和在场的近 300 名保安中的大多数人都很友好，我显然可以用这种方法消磨时间。但我也愿意品尝一番蓝色制服带来的匿名感。于是我走进古典大师展厅，与福斯特先生说好，帮他承担一半职责。他站在一间展厅里，我站在另一间展厅里，这让我有机会再看看我在大都会艺术博物馆中最喜欢的画作。

我作为博物馆保安所做的最后一件事，也是我在艺术博物馆里学会做的第一件事。20 多年前，我的母亲带着汤姆、米娅和我前往芝加哥艺术学院。只有当我们在一间展厅选中了我们最喜欢的画作之后，她才会带着我们离开那间展厅。我在这座博物馆已经10年了，我一定要知道其中哪些艺术品是我最喜欢的，否则我无法离开。几个月来，我一直在一本笔记本上写下入选者，列出名单之后毫不留情地精简，将庞大的大都会艺术博物馆缩小成一份私人收藏。青年雕像、巫术偶像 nkisi、西莫内蒂地毯、《收割者》……我不愿意选得太多或者太少，只想选出我可以带走的合适数量的艺术品，作为我以后前进路上的标杆。在古典大师展厅，我确定，我最需要的是15世纪意大利苦行僧弗拉·安吉利科的作品《基督受难》。

在某种程度上，我对于它的喜爱来自我的偏见。我喜欢古老的艺术品。我喜欢蛋彩颜料涂在沉重的木板上的那种感觉，还有那些可以窥见其红色基底的龟裂的金箔。我喜欢古典的基督教艺术和它闪光的悲伤。我喜欢那些能够让我想起汤姆的画作，无论这可能让我感到多么心痛。基督的躯体看上去像是被钉在一艘在暴风雨中颠簸的航船的桅杆上。它是世界的中心，世界的其余部分都在围绕着它摇晃、盘旋。这是一具优雅的、破碎的躯体，它再次提醒我们这一明显的事实：我们是凡人，我们会受苦，苦难中的勇气是美丽的，失去会激起爱与悲痛。这幅画展示着神圣艺术的作用，让我们直接接触到了某种我们很熟悉但一直无法理解的东西。

但基督的躯体并不是这位苦行僧描绘的一切。在他的想象中，

十字架下聚集了一群旁观者，他们衣着华丽，骑在马上，脸上流露出各种各样的情绪。有些人严肃，有些人好奇，有些人感到无聊，有些人心事重重。在古典大师的画作中经常有这样一缕现实主义的色彩。正如 W. H. 奥登在他题为《美术馆》的诗作中所说的那样，甚至"可怕的殉难"也会发生在"其他人正在进餐，打开窗户或是沉闷地行走的时刻"。（奥登也写到了那些古典大师："他们从未错误地表达苦难……"）我认为，画作中央的这群人代表了日常生活的混乱：充满细节，不合逻辑，有时沉闷，有时动人。无论一个时刻有多么引人注目或者其根本奥秘有多么玄妙，这个复杂的世界仍然在运转。我们有自己的生活，生活让我们忙碌。

最后，在这幅画的底部，基调再次变得不同。在这里，满怀同情的人们关照着圣母，她因为悲伤倒在地上。与那些被动的旁观者不同，他们的思想指向一个共同的方向，那就是他们能够做好的事情。这幅画是一个可以遵循的榜样。在我未来的生活中，会有人需要我，我也会有自己的需要；我希望自己可以做我能够做到的一切，其他人也同样能为我做到这一点。我失去了自己的哥哥。我能感受到这个损失。看着这幅画，我知道，他会是弯腰看向圣母的那些警觉的、值得赞扬的、脚踏实地的人中的一个。但是，即使现在，我也能够在自己内心深处看到他的肖像，那张由提香画出的闪着光的、坦诚的脸，并因此感到宽慰。这当然是一幅我能够从大都会艺术博物馆带走的画。

当福斯特先生轮转的时候，我随着他走到大楼梯的顶部，这让他在这个繁忙的岗位上占据最显眼的位置，而我则远远地站在一边。游客们仍然找我问问题，其中包括一位年轻的妇女，她想看《蒙娜丽莎》，我简直不敢相信会有这样的好运。这是我最后一次进行这样的对话了。

"我们没有这幅画，"我告诉她，对此感到真诚的遗憾，"它在巴黎。"

"什么？你们就连一幅临摹的画作也没有？"

"恐怕真的没有。这座博物馆不收藏复制件。你看到的一切艺术品都是原件。"

"那好吧，你们收藏的达·芬奇画作在哪里？"

"全美国只有一张，我很遗憾地告诉你，这幅画在华盛顿。但我们有许多文艺复兴时期的其他画家的作品。"

她看着我，那副表情就好像她来到了棒球名人堂，却被告知："不，我们没有贝巴·鲁斯，但我可以满足你对20世纪20年代的其他右外野手的兴趣……"我尽力鼓舞她的情绪，保证她不会失望，但我觉得这只不过是一个小插曲，她一定会在后面的参观中睁大自己那双困惑的眼睛，欣赏这些杰出的艺术品。

我看着她消失在古典大师展厅的人群中。世界上只有一幅带着神秘微笑的《蒙娜丽莎》，但无论你走到哪里，都必定有一些值得一看的脸庞。退回到正在观看作品的人群后面，我发现自己正在默默地总结我积攒了 10 年保安经验之后给游客的忠告。这是我从大都会艺术博物馆带出来的重要信息，我希望与大家分享，尤其是与我的孩子们。

你现在正在走进一个微型世界，它的地貌从美索不达米亚的泥滩一直延伸到巴黎左岸的咖啡馆，以及成千上万其他的地方，人们在这里真正超越了自己。首先，让自己沉浸在世界的浩瀚之中。将那些卑微的思想留在门阶前，愉快地尝试感受，自己如同一粒微不足道的尘埃，在装满了美丽事物的仓库中飘浮。

如果可以，尽量在早晨来访，那是博物馆最安静的时候，而且开始时不要和任何人说话，包括保安。睁大双眼，以耐心、接纳的态度观看艺术品，给自己时间去发现它们的细节以及整体形态，它们的总体性。你或许无法用语言描述你的感受，但无论如何，请尝试注意它们。但愿你能在寂静与安宁中体会到一些不寻常或者未曾预料到的东西。

尽你所能，了解关于某一件艺术品的创作者、文化背景和想要表达的意义的一切信息，这通常是一个令人谦卑的过程。但在有些地方，你会想要换个角度，发表你自己的感想。大都会艺术博物馆是这样一个地方，在这里，你可以用你自己的眼睛观察，看到那些与你同样容易犯错误的人类创造了一个怎样的世界。你有资格参与对这些艺术品提出的最重大的问题的讨论。因为任何人都无法听到你的思想，所以你可以大胆地思考，那些探索性的思想，令人刺痛的思想，还有可能是愚蠢的思想。不是为了得出正确的答案，而是为了在你运用自己的头脑与心灵的时候，更好地理解人类的头脑与心灵。弄清楚你在大都会艺术博物馆中喜爱什么，你从那里学到了些什么，哪些东西可以当作为自己充能的燃料，并在你继续在世界上探索之前，从博物馆带走一点点你的头脑不太容易接纳的东西，它将在你继续前进的时候影响你，让你有一点点不同。

闭馆的时候到了，我仍然站在大楼梯顶部原来的地方。下面的大厅里人声鼎沸，人们纷纷穿上大衣，查看地图，准备走出这个美丽得无法形容的世界，在各自的生活之路上继续前行。

正是在这些我们希望世界静止不前的时刻，一些人创造了艺术。我们感受到了某种如此美丽的、真实的、庄严的、悲惨的事物，它让我们无法泰然自若。艺术家们创造了转瞬即逝的时刻的记录，似乎关停了世界的时钟。他们让我们相信，有些事物根本不会转瞬即逝，而是会一直美丽、真实、庄严、悲惨，或者可以让一代又一代人在自己的人生中持续地欣赏，而博物馆中的艺术品就是对这一点的证明：那些用油彩画下来的、用大理石雕琢出来的、用针脚纫缝在被面上的。

世界如此绚丽多姿，如此充盈，它真实地存在，而非人们的幻想，人们生来就喜欢用心灵创造如此美丽的事物，这些的确非常神秘。艺术同时与平凡和神秘有关，它让我们注意到明显的事实，发现那些被忽略了的东西。我对自己面对艺术度过的所有时光感恩不尽。我还会回到这里来。

但 10 年前，当我走上大都会艺术博物馆保安的岗位时，有一些事情我搞不明白。有时候，生活可以如此简单与宁静，如同在闪光的艺术品中间警惕地注视着周围的保安。但它也与生活、斗争、成长和创造有关。

5 点 30 分，我解下了有些破损的领带，走下了大楼梯。

致 谢

你是否知道《生活多美好》中的一个场景：乔治获得了重生的机会，他冲进了通风良好的旧房子，口中大喊着："玛丽！玛丽！"（在狂喜之中，他有一刻忘记了自己有孩子。）我对自己的妻子塔拉也有完全相同的感觉。塔拉，谢谢你，谢谢你的爱，你的智慧，你艰苦的工作，谢谢你所做的一切。

在我人生的每个阶段，我的父亲吉姆和母亲莫琳都鼓励我所做的一切。妈妈，爸爸，谢谢你们。我的哥哥汤姆和妹妹米娅是和我关系最悠久的朋友，也是我最重要的同谋。谢谢你，米娅；也谢谢你，汤姆，这本书就是为你们写的。

我深深地感谢我的经纪人法利·蔡斯和编辑埃蒙·多兰。法利在我还没有什么想法的时候给了我一个机会，我的意思是，当时我还不知道该怎么写。作为写作教练和经纪人，他对本书的付出远远超过了职责范围。埃蒙和我同样喜爱大都会艺术博物馆，他满怀热情、极有见解地阅读我发给他的每一段。"非常棒！"他总是这样说，然后用红笔点评，毫不留情地推动我修改作品。法利、埃蒙，谢谢你们。我也同样感谢齐波里·拜奇和西蒙舒斯特出版社的每一个人，他们在本书问世的过程中发挥了自己的作用。

我对大都会艺术博物馆的保安们怀有深深的感恩之情。工会第37区第1503地方分会的兄弟姐妹们，感谢你们与我分享自己的故事，感谢你们的智慧和你们所做的必不可少的工作。对我的那些保安朋友，我会经常当面致谢。我也向大都会艺术博物馆的全体员工致以谢意，包括管理员、策展人、艺术品交易员、商店售货员和数以千计的其他人，正是你们，让这个机构保持运转。没有你们，古典大师们将无法发挥作用。

我的插画画家马娅·麦克马洪总是能够创作出敏感而充满活力的作品。谢谢你，马娅。同样感谢艾米莉·雷马吉斯，她允许马娅为她的生日蛋糕作画。

我非常走运，能够有一些以种种不同方式帮助我的朋友，比如同意阅读这本书的一些部分。玛丽·希伯特、亚历克斯·罗斯、文森特·基特米皮、温斯顿·莫里亚、路易莎·拉姆、欧文·卡利恩托、科迪·韦斯特法尔、丹耶·埃拉克、阿龙·杜利、萨姆·戈茨、乔恩·李、尼克·克劳福德、基思·米托、迈克尔·黑特莱因、戴夫·施赖奥克、杰克·汉纳冈、贾森·威奇、埃利·珀金斯、科里·麦卡弗里、乔·加拉格尔、乔·布林利、凯西·布林利，谢谢你们。多年来，汤姆·欧姬芙、詹姆斯·派恩、杰里·桑德斯、丽贝卡·加斯·希利和斯泰西·皮斯一直是我的好老师。深深地感谢你们。

还有成千上万的古代与现代艺术家们，他们不需要我的赞颂，但他们的画作、雕塑、速写、照片、陶瓷器、被面、镶嵌图、版画和装饰艺术装满了大都会艺术博物馆的展厅，我必须衷心地感谢他们。他们的工作必定不容易。干得好！

最后，谢谢我的孩子们。奥利弗、路易丝，你们是我的欢乐，我爱你们。我非常期盼，成为一位出版了自己作品的父亲。

参 考 文 献

本书大多数有关艺术品的事实性资料来自大都会艺术博物馆官网。在每一件物品的网页上，通常都有目录条目、技术说明和参考资料，还列举了与其相关的出版物。在大多数情况下，读者可以访问大都会艺术博物馆官网，免费阅读相关的官方出版物。

以下书籍与文章按照主题分类，随后以字母为序排列。

非洲艺术

Ezra, Kate. *Royal Art of Benin: The Perls Collection in the Metropolitan Museum of Art*. New York: Metropolitan Museum of Art, 1992. 配合 1992 年 1 月 16 日—9 月 13 日在大都会艺术博物馆举行的展览。

LaGamma, Alisa, ed. *Kongo: Power and Majesty*. New York: Metropolitan Museum of Art, 2015. 配合 2015 年 9 月 18 日—2016 年 1 月 3 日在大都会艺术博物馆举行的展览。

Neyt, François. *Songye: The Formidable Statuary of Central Africa*. 由 Mike Goulding, Sylvia Goulding 和 Jan Salomon 翻译。New York:

Prestel, 2009.

美国艺术

Belson, Ken. "A Hobby to Many, Card Collecting Was Life's Work for One Man." *New York Times*, May 22, 2012.

Flexner, James Thomas. *First Flowers of Our Wilderness*. Volume 1 of *American Painting*. Boston: Houghton Mifflin, 1947.

Garrett, Wendell D. "The First Score for American Paintings and Sculpture, 1870–1890." *Metropolitan Museum Journal* 3 (1970): 307–35.

O'Neill, John P., Joan Holt, and Dale Tuckers, eds. *A Walk Through the American Wing*. New York: Metropolitan Museum of Art; New Haven: Yale University Press, 2001.

武器与盔甲

Rasenberger, Jim. *Revolver: Sam Colt and the Six-Shooter That Changed America*. New York: Scribner, 2020.

亚洲艺术

Bush, Susan, and Hsio-yen Shih, eds. *Early Chinese Texts on Painting*. Cambridge, MA: Harvard-Yenching Institute, Harvard University

Press, 1985.

Fong, Wen C. *Beyond Representation: Chinese Painting and Calligraphy 8th–14th Century*. New York: Metropolitan Museum of Art; New Haven: Yale University Press, 1992.

Foong, Ping. "Guo Xi's Intimate Landscapes and the Case of *Old Trees, Level Distance*." *Metropolitan Museum Journal* 35 (2000): 87–115.

Hammer, Elizabeth. *Nature Within Walls: The Chinese Garden Court at the Metropolitan Museum of Art. A Resource for Educators*. New York: Metropolitan Museum of Art, 2003.

修道院

Barnet, Peter, and Nancy Wu. *The Cloisters: Medieval Art and Architecture*. New York: Metropolitan Museum of Art, 2005.

埃及艺术

Arnold, Dieter. *Temples of the Last Pharaohs*. New York: Oxford University Press, 1999.

Assmann, Jan. *The Mind of Egypt: History and Meaning in the Time of the Pharaohs*. 由 Andrew Jenkins 翻译。New York: Metropolitan Books, 2002.

Roehrig, Catharine H. *Life Along the Nile: Three Egyptians of Ancient Thebes.* Metropolitan Museum of Art Bulletin 60 (Summer 2002).

Roehrig, Catharine H., with Renée Dreyfus and Cathleen A. Keller, eds. *Hatshepsut: From Queen to Pharaoh.* New York: Metropolitan Museum of Art; New Haven: Yale University Press, 2005. 配合分别于 2005 年 10 月 15 日—2006 年 2 月 15 日在 Fine Arts Museums of San Francisco/de Young、2006 年 3 月 28 日—7 月 28 日在大都会艺术博物馆和 2006 年 8 月 27 日—12 月 31 日在 Kimbell Art Museum, Fort Worth 举行的展览出版。

欧洲艺术

Ainsworth, Maryan W., and Keith Christiansen, eds. *From Van Eyck to Bruegel: Early Netherlandish Painting in the Metropolitan Museum of Art.* New York: Metropolitan Museum of Art, 1998. 作为大都会艺术博物馆馆藏中主要艺术品的目录出版，配合 1998 年 9 月 22 日—1999 年 1 月 3 日举行的这些艺术品的展览。

Bayer, Andrea. "North of the Apennines: Sixteenth-Century Italian Painting in Venice and the Veneto." *Metropolitan Museum of Art Bulletin* 63 (Summer 2005).

Christiansen, Keith. *Duccio and the Origins of Western Painting.*

New York: Metropolitan Museum of Art; New Haven: Yale University Press, 2008.

Freedberg, Sydney Joseph. *Painting of the High Renaissance in Rome and Florence*. New York: Harper & Row, 1972.

Gogh, Vincent van. *Van Gogh: A Self-Portrait. Letters Revealing His Life as a Painter*. Selected by W. H. Auden. Greenwich, CT: New York Graphic Society, 1961.

Kanter, Laurence, and Pia Palladino. *Fra Angelico*. New York: Metropolitan Museum of Art; New Haven: Yale University Press, 2005. 配合 2005 年 10 月 26 日—2006 年 1 月 29 日在大都会艺术博物馆举行的展览出版。

Kerssemakers, Anton. Letter to the editor, *De Groene*, April 14, 1912. 见 *Van Gogh's Letters: Unabridged and Annotated.* 由 Robert Harrison 编辑。由 Johanna van Gogh-Bonger 翻译。Rockville, MD: Institute for Dynamic Educational Advancement.

Orenstein, Nadine M., ed. *Pieter Bruegel the Elder: Drawings and Prints*. New York: Metropolitan Museum of Art; New Haven: Yale University Press, 2001. 2001 年 5 月 24 日—8 月 5 日在 Museum Boijmans Van Beuningen, Rotterdam，配合 2001 年 9 月 25 日—12 月 2 日在大都会艺术博物馆的展览出版。

Strehlke, Carl Brandon. *Italian Paintings 1250–1450 in the John G. Johnson Collection and the Philadelphia Museum of Art*. Philadelphia: Philadelphia Museum of Art; University Park, PA: Penn State University Press, 2004.

吉斯本德展览

Beardsley, John, William Arnett, Paul Arnett, and Jane Livingston. *The Quilts of Gee's Bend*. Atlanta: Tinwood Books, 2002.

Finley, Cheryl, Randall R. Griffey, Amelia Peck, and Darryl Pinckney. *My Soul Has Grown Deep: Black Art from the American South*. New York: Metropolitan Museum of Art, 2018. 配合 2018 年 5 月 22 日—9 月 23 日在大都会艺术博物馆举行的题为 *History Refused to Die: Highlights from the Souls Grown Deep Foundation Gift* 的展览出版。

Holley, Donald. "The Negro in the New Deal Resettlement Program." *Agricultural History* 45 (July 1971): 179–93.

古希腊艺术

Bremmer, Jan. *The Early Greek Concept of the Soul*. Princeton, NJ: Princeton University Press, 1983.

Estrin, Seth. "Cold Comfort: Empathy and Memory in an Archaic

Funerary Monument from Akraiphia." *Classical Antiquity* 35 (October 2016): 189–214.

Griffin, Jasper. *Homer on Life and Death*. Oxford: Clarendon Press, 1980.

Homer. *The Iliad*. 由 Robert Fagles 翻译 . New York: Viking Penguin, 1990.

Homer. *The Odyssey*. 由 Robert Fagles 翻译 . New York: Viking Penguin, 1996.

Kirk, G. S., and J. E. Raven. *The Presocratic Philosophers: A Critical History with a Selection of Texts*. Cambridge: Cambridge University Press, 1957.

Otto, Walter F. *The Homeric Gods: The Spiritual Significance of Greek Religion*. 由 Moses Hadas 翻译 . New York: Pantheon, 1954.

Sourvinou-Inwood, Christiane. *"Reading" Greek Death: To the End of the Classical Period*. Oxford: Clarendon Press, 1995.

Vermeule, Emily. *Aspects of Death in Early Greek Art and Poetry*. Berkeley: University of California Press, 1979.

伊斯兰艺术

Chittick, William C. *Ibn 'Arabi: Heir to the Prophets*. Oxford: Oneworld, 2005.

Chittick, William C. *Science of the Cosmos, Science of the Soul: The Pertinence of Islamic Cosmology in the Modern World*. Oxford: Oneworld, 2007.

Ekhtiar, Maryam D., Priscilla P. Soucek, Sheila R. Canby, and Navina Najat Haidar, eds., *Masterpieces from the Department of Islamic Art in The Metropolitan Museum of Art*. New York: Metropolitan Museum of Art, 2011. 配合 2011 年 11 月 1 日 "阿拉伯各国、土耳其、伊朗、中亚和南亚后期艺术" 各展馆的重新开放出版。

Kennedy, Randy. "History's Hands." *New York Times*, March 17, 2011.

Muslu, Cihan Yüksel. *The Ottomans and the Mamluks: Imperial Diplomacy and Warfare in the Islamic World*. New York: I. B. Tauris, 2014.

Nicolle, David. *The Mamluks: 1250–1517*. London: Osprey, 1993.

Sutton, Daud. *Islamic Design: A Genius for Geometry*. New York: Bloomsbury, 2007.

大都会艺术博物馆馆史

"Art Stolen in 1944 Mailed to Museum; 14th Century Painting on Wood Returned to Metropolitan with No Explanation. Panel Broken in

Transit. Package Carelessly Wrapped—Expert Believes Damage Can Be Repaired." *New York Times*, January 19, 1949, 29.

Barelli, John, with Zachary Schisgal. *Stealing the Show: A History of Art and Crime in Six Thefts. Guilford*, CT: Lyons Press, 2019.

Bayer, Andrea, and Laura D. Corey, eds. *Making the Met: 1870–2020*. New York: Metropolitan Museum of Art, 2020. 配合 2020 年 3 月 30 日—8 月 2 日在大都会艺术博物馆举行的一次展览出版。

"The Cesnola Discussion; More About the Patched-up Cypriote Statues." *New York Times*, April 10, 1882, 2.

Daniels, Lee A. "3 Held in Theft of Gold Ring from Met." *New York Times*, February 16, 1980, 24.

"Five 17th Century Miniatures Are Stolen from Locked Case in Metropolitan Museum." *New York Times*, July 26, 1927, 1.

Gage, Nicholas. "How the Metropolitan Acquired 'The Finest Greek Vase There Is.'" *New York Times*, February 19, 1973, 1.

Gupte, Pranay. "$150,000 Art Theft is Reported by Met." *New York Times*, February 11, 1979, 1.

Hoving, Thomas. *Making the Mummies Dance: Inside the Metropolitan Museum of Art*. New York: Simon & Schuster, 1993.

"Lost to the Art Museum; A Pair of Gold Bracelets Missing from the

Collection." *New York Times*, September 18, 1887, 16.

"Lost Goddess Neith Found in Pawnshop; Rare Idol of Ancient Egypt Stolen from Metropolitan Museum Pledged for 50 Cents." *New York Times*, April 24, 1910, 7.

McFadden, Robert D. "Met Museum Becomes Lost and Found Dept. for 2 Degas Sculptures." *New York Times*, February 10, 1980, 38.

"Metropolitan Art Thief Balked, but a Gang in France Succeeds." *New York Times*, April 23, 1966, 1.

"Metropolitan Museum Employee Is Held in Theft of Ancient Jewels." *New York Times*, January 25, 1981, 29.

"Museum Exhibits Come to Life Outdoors as Artful Guards Picket for Wage Rise." *New York Times*, July 3, 1953, 8.

"Museum Is Robbed of a Statuette of Pitt Between Rounds of Guards." *New York Times*, February 5, 1953, 25.

"On (Surprisingly Quiet) Parisian Night, a Picasso and a Matisse Go Out the Window." *New York Times*, May 20, 2010.

Phillips, McCandlish. "Hole Poked in $250,000 Monet at Metropolitan, Suspect Seized." *New York Times*, June 17, 1966, 47.

"Thief Takes a 14th Century Painting from Wall at Metropolitan Museum." *New York Times*, March 23, 1944, 14.

"$3,000 Prayer Rug Is Stolen in Museum but Guard Finds It Hidden Under Man's Coat." *New York Times*, December 16, 1946, 28.

Tomkins, Calvin. *Merchants and Masterpieces: The Story of the Metropolitan Museum of Art*. New York: Dutton, 1970.

米开朗琪罗展览

Bambach, Carmen C., ed. *Michelangelo: Divine Draftsman & Designer*. New York: Metropolitan Museum of Art, 2018. 配合 2017 年 11 月 13 日—2018 年 2 月 12 日在大都会艺术博物馆举行的一次展览出版。

Buonarroti, Michelangelo. *Michelangelo's Notebooks: The Poetry, Letters, and Art of the Great Master*. Edited by Carolyn Vaughan. New York: Black Dog & Leventhal, 2016.

Gayford, Martin. *Michelangelo: His Epic Life*. London: Fig Tree, 2013.

King, Ross. *Michelangelo and the Pope's Ceiling*. New York: Walker, 2003.

现代与当代艺术

Sw!pe Magazine, Spring 2010.

Sw!pe Magazine, Spring 2011.

Sw!pe Magazine, Spring 2012.

Tinterow, Gary, and Susan Alyston Stein, eds. *Picasso in the Metropolitan Museum of Art*. New York: Metropolitan Museum of Art; New Haven: Yale University Press, 2010. 配合 2010 年 4 月 27 日—8 月 1 日在大都会艺术博物馆举行的一次展览出版。

乐器

Morris, Frances. *Catalogue of the Crosby Brown Collection of Musical Instruments* Vol. II, Oceania and America. New York: Metropolitan Museum of Art, 1914.

Winans, Robert B., ed. *Banjo Roots and Branches*. Champaign: University of Illinois Press, 2018.

照片

Daniel, Malcolm. *Stieglitz, Steichen, Strand: Masterworks from the Metropolitan Museum of Art*. New York: Metropolitan Museum of Art, 2010. 配合 2010 年 11 月 10 日—2011 年 4 月 10 日在大都会艺术博物馆举行的一次展览出版。

"未完成的作品"展览

Baum, Kelly, Andrea Bayer, and Sheena Wagstaff. *Unfinished: Thoughts Left Visible*. New York: Metropolitan Museum of Art, 2016. 配合 2016 年 3 月 18 日 —9 月 4 日在大都会艺术博物馆布鲁尔分馆举行的一次展览出版。